OSUGI Sakae
×
TSUJI Jun
×
MASAMUNE Hakuchou

「近代的自我」の社会学

大杉栄・辻 潤・正宗白鳥と大正期

KAGIMOTO Yu
鍵本 優

インパクト出版会

「近代的自我」の社会学――大杉栄・辻潤・正宗白鳥と大正期

目次

はじめに

大正期に書かれた文学者のテクストには、ある種の不思議な記述を見出せる。それは自分自身から脱出しようとしたり、自分自身のありかたを壊そうとしたり、自分自身が解体することを欲したりする観念的なものだ。それは自殺や自傷の願望とは異なる、独特の印象を与える。

不思議な記述

たとえば、評論家の新居格は大正一四（一九二五）年発表の「無価値の狂想」というエッセイで「存在なんてわづらわしい丈だ」と述べ、自身が解体されていく状態を欲した[1]。

> 黒い深夜である。私は寝床に横たわっていた。神経だけは冴え切っているが、四肢も胴体も――薄氷の解ける様に――無限に続く闇のなかに解けて行ったのではないかとさえ思われた。ただ一つ取り残されて冬の夜の明星のように冴えた思惟の作用。それもやがて消えるような気がした。
>
> 完全な解体である。しかし、ニヒリストの自分に取っては心細いことでも、さびしいことでもなかった。自分と云うものの全存在が極めてしづ《ママ》かに、何の音もしず《ママ》に闇のなかに解けてしまうことがどんなに望ましいか知れないのであった。

ここに示された自分の解体への願望は、明治期の知的青年層にみられる「煩悶」とは違う。二葉亭四迷『浮雲』（明治二〇年）の主人公・内海文三の苦悩をはじめとして、煩悶は明治期の知的青年の大きな問題だった。だが内海も知的青年の多くもひたすら苦悶するのみだった。新居のような自分の解体を欲する観念的記述は、やはり不思議なものだ。

だが、もっと不思議なことがある。それは自分の破壊・解体や自分からの脱出が、ときにエネルギーを傾けて追求されることだ。現代の若者なら「消えたい」とつぶやくように表現するところを、当時の文学者は積極的にエネルギーを傾け、あたかも身を削って何かと格闘するかのように、自分からの脱出や自分のありかたを壊そうとしていた。

興味深い例をあげよう。前衛詩人の壺井繁治は大正一五（一九二六）年発表の散文詩「頭の中の兵士」で、次のような残酷な空想世界を描く(2)。


毎日、憲兵が、剣と長靴の音を高く響かせながらやって来る。

憲兵はいつも実弾をこめたピストルを右手にしっかりと握っている。

俺の頭の中には、軍隊を脱走した一人の兵士が隠れている。兵士は俺の頭の中で絶えず笑っている。（中略）

「どこへつれて行こうってんだ？」

「これから貴様をあの監獄へぶち込むんだ！」

向こうを見ると、赤煉瓦の建物が、青い空を切って立っている。例の憲兵は実弾を込めたピストルを右手にしっかりと握っている。

「頭の中の兵士はどうするんだ?」

「そ奴はこうしてやる!」

いうや否や、憲兵はピストルを俺の頭に撃ちこんだ。真赤な血が頭からだらだらと流れた。血と一緒に、血みどろの兵士が俺の頭からころげ出して来た。それは一人ではなかった。次から次へところげ出して来た。そして、無数の血みどろの兵士がその場を埋めてしまった。血みどろの兵士たちは喚声をあげて、遥か向こうに見える赤い監獄へ向かって殺到した。


これは空想色の強い散文詩であり、官憲の弾圧をはじめとした多様な解釈が許されるものだ。読んだ印象としては、「血」と「赤」のイメージが重なったグロテスクさと、内容の奇妙さが残る。たしかにこの作品は奇妙だ。脱走してきた兵士がなぜか主人公の頭に隠れており、たえず笑っている。その兵士が主人公の頭の破壊をとおしてなぜか無限に増殖する。脱走者が喚声をあげて監獄に向かうのも変である。しかしこれを文字どおりに読むかぎり、自分の頭の破壊をとおして自分自身の内部の存在が自身から脱出・流出していくのを、ほかならぬ主人公自身が眺めているという作品だ。この意味では、強烈なイメージを使って観念的な自己破壊や自己脱出を描いている。「俺」という一人称も、作者自身の主観性と主人公のまなざしとを重ねうる。とすれば、この観念的な自己破壊や自己脱出は、作者自身が自分を破壊・脱出するという発想とどこかつながっている。

とはいえ、この例は少し特殊すぎたかもしれない。よく知られた作家の例をみよう。詩人・批評家の石川啄木は、晩年の明治四五（一九一二）年一月の作品『病室より』で、病室の外から物が壊れる大きな音を聞いたことをきっかけに、次のような自己破壊の願望を書きつけた。(3)

> 破壊！　破壊！　かう私は、これから雪合戦でも始めやうといふ少年のやうな気持になつて、心の中で叫んだ。
>
> しかし、何分かの後には、私は起しに来る妻や子にもろくろく返事さへせずに、仰向に寝たまま、唇を結び、眼球の痛くなるほど強く上眼をつかつて、いつもの苦しい闘ひを頭脳のなかで闘はせてゐなければならなかった。破壊！　自分の周囲の一切の因襲と習慣の破壊！　（中略）しかし、藻掻《もが》けば藻掻くほど、足掻《あが》けば足掻くほど、私の足は次第次第に深く泥の中に入つたのだつた。さうして今では、もう兎《と》ても浮み《ママ》上る事が出来ないと自分でも思ふほど、深く深くその中に沈んでしまつたのだつた。それでゐて、私はまだ自分の爽快な企てを全く思ひ切る事も出来ずにゐるのだつた。
>
> たうとう私は、他の一切のものを破壊する代りに、病み衰へた自分の躯をひと思ひに破壊する事にまで考へ及んだ。私の苦しい考へ事はいつでも其処へ来て結末になる。

このように、啄木の破壊願望は「因襲と習慣」に縛られた自分を破壊することへ思いいたる。「いつでも其処へ来て」という言表から、啄木が束縛の認識と自己破壊の観念とを自覚的に抱いていたことがわかる。啄木の自己破壊の願望はいわゆる衝動的な自殺願望とは違い、「自身の躯」を「ひと思いに」破壊しようとする、いわば自分自身を突き放すような観念的発想だ。

右に引用した三つの文章は、明治末期（啄木）と大正末期（新居・壺井）に書かれたものだ。もちろん書き手の方法や立場は大きく異なる。だが少なくとも、自分からの脱出や自分の破壊・解体の願望を示した不思議な観念的記述が大正時代を中心とする時期になされていたことは認められる。

小さな傍流

自分からの脱出や自分の破壊・解体といった発想・欲望を当時の文学者全員が書いたわけではない。程度や方向性の差はあれ、こうした文章表現は自己や社会への批判的意識をもった人びとに限られる。しかも、その批判的意識をもった文学者全員がこうした表現をしたのでもない。こうした表現は思想や文学のメインストリームにはない、いわば小さな傍流だった。

私小説や自我論の流行に象徴されるように、この時期の日本社会では知識人層を中心に自己表象の文化が定着しつつあった。そのことはさまざまに論じられてもきた。だが、自分からの脱出や自分の破壊・解体といった発想・欲望については、それが当時の文学者の自己表象的なテクストに示されていたにもかかわらず、小さな傍流だったためか、従来の諸研究ではほとんど問題とされない。

しかしながら、こうした発想・欲望は、現代の若者層にしばしばみられる「消えたい」願望へどこか影を落としてはいまいか。一定の近代化が進んだ社会であれば、自分からの脱出や自分の破壊といった発想・欲望が一部の人びとに生じてしまう可能性はないか。日本社会では、大正時代を中心とした時期にそれが先駆されていたのではないか。少なくとも私には、当時にみられた自分からの脱出や自分の破壊・解体といった発想・欲望が、現代社会の問題とどこかでつながっているように思われるのだ。

本書で考察するこの時期の大杉栄・辻潤・正宗白鳥のテクストでは、自分からの脱出や自分の破壊といった発想・欲望の表現が、量・質ともに突出している。それは繰り返し表現され、筆にまかせてたまたま書いたというレヴェルを超えている。それぞれ一つずつ言表をあげよう。

われわれは、われわれの生理状態から心理状態に至るすべての上に、われわれがわれわれ自身だと思っているすべての上に、さらに厳密な、ことに社会学的の、分析と解剖とを加えなくてはならぬ。そしていわゆる自我の皮を、自我そのものがゼロに帰するま

で、一枚一枚棄脱して行かなくてはならぬ。[4]（大杉栄）

無用の屑を堆積させてゆくのが文明であり、資本主義的ピラミット《ママ》でもある。人間はそれによって自縄自縛されてゆくばかりである。自分はそれを次第に剥ぎ取ることに努力しようとしている。[5]（辻潤）

こんな時分、――精神《こころ》が身体を嘲つて、その腑甲斐なさに望みを絶つた時分――には、屢々その自滅を促したことがあつた。（中略）闇の何処かに潜んでゐる恐しい者に生血を啜られて自然《じねん》に枯れて行くよりも、自分の力で砕けてしまへと迫つたこともあつた。[6]（正宗白鳥）

このように、当時の小さな現象ではあれ、文学者が自分からの脱出や自分の破壊といった観念的な発想・欲望を書きつける営為をおこなっていた。本書では、この営為の核となる内的実践を「脱・自分」と呼びたい。

本書の問題関心

彼らの「脱・自分」はどういうものであり、どのようにして生み出されたのか。これが本書の問いだ。この問いを解くには、社会学的な視点にもとづいた考察が必要になる。

一つには、社会の次元に着目する必要性からである。右の文学者たちは「脱・自分」を独自の芸術表現として意図的に追求したのではない。実際に、多くの評伝・研究も「脱・自分」を作家の主たる芸術的個性として扱っていない。したがって、当時の「脱・自分」は諸個人の心理的特性や特定の思想・文学流派などへ単純に還元できない。すると「脱・自分」の諸源泉は、それを表現した文学者が組み込まれていた当該社会の複雑な関係構造にあったと考えられる。

二つには、歴史性へ着目する必要性からである。「脱・自分」の発想・欲望を現代ふうにいいかえると、「消えたい」願望となる。現代のそうした願望や欲望であれば、複雑な人間関係のもとでのアイデンティティ拡散や自傷行為・摂食障害といった、社会心理的・身体的な現象において捉えうる。しかしながら大正期には、こうした現象が一般的にはそれほど多くなかった。そもそも当時と現代とでは、自我・自己のありようが同一ではない。当時の自我意識の主たる問題も、社会心理的・身体的にというよりは、むしろ思想的・観念的に捉えられていた。また当時の文学者による「脱・自分」の表現は強い気概を感じさせるもので、ぼんやりとした「消えたい」願望とは趣が異なる。となると、歴史性を無視して「脱・自分」を考察するわけにはいかない。大正期の「脱・自分」と現代の「脱・自分」とはどこかで重なりつつも、やはり多くの点で異なる。

三つには、文化的問題に着目する必要性からである。当時の日本では、近代社会が特殊なかたちで成立しつつあった。自力で近代化を達成してきた西洋社会とは異なり、明治以来の日本は後発的に外側から西洋近代の文明・文化を導入し、それを急速に自国の諸分野へ（誤解も含めて）植えつけようと無理を重ねてきた。文化的輸入物の一つである近代的自我の問題だけがそうした特殊性を免れたとは考えにくい。文化的領域をとおして内的な問題にとりくんだ当時の文学者は、日本社会なりの「近代的自我」の問題と苦闘した人びとだった。

このように、大正期の文学者による「脱・自分」の発想・欲望の表現は、歴史的・社会的な場所性に刻印された、しかも当時の一般民衆にはあまりみられない特殊な文化的現象であった。当時の文学者の「脱・自分」を考察してそのリアリティに迫るには、歴史的・社会的・文化的な状況と知識人層との関係性に着眼できるような社会学的視点が必要となる。

本書の構成

本書の構成は、次のとおりである。

Ⅰでは、いま述べた問題関心をうけて、目的と用語を説明する。また、具体的事例を考察するための理論的な枠組みを設定する。

Ⅱでは、考察対象の特性について述べる。

Ⅲ・Ⅳ・Ⅴでは、具体的事例をその歴史的・社会的・文化的状況と関連づけつつ、大正期の文学者における「脱・自分」を言説・思想構造・精神形成の面から社会学的に考察する。

Ⅲは、科学・哲学・芸術・政治をテーマとした大杉栄の評論を扱う。それには「脱・自分」の欲望が明確にかつストレートに現れている。また、大杉の言説には大正期の諸思想を特徴づけている生命観念および生命主義が強力に作用している。こうした理由から、当時の基本的な歴史的・社会的・文化的状況を確認しつつ、一つめの考察対象とする。

Ⅳは、「脱・自分」の欲望が示された辻潤の自己露出的なエッセイを扱う。そこからは、キリスト教からの影響による超越的な霊魂観念にかかわる論点が抽出される。当時の知識人層へのキリスト教の影響と大正後末期における歴史的・社会的・文化的状況との二つに焦点をあてながら、それを考察する。

Ⅴでは、評論・エッセイ・小説で正宗白鳥が書き続けた「つまらない」という表現の分析をとおして、「脱・自分」を摘出し考察する。その表現には、自身の消滅を観念的に突き詰める「脱・自分」としての否定的な自己意識を読み込むことができる。明治後期から大正初期にかけての歴史的・社会的・文化的状況と照らし合わせつつ、それを考察する。

Ⅵでは、Ⅰ～Ⅴをもとに本書の結論と展望を述べる。

本書での引用文および著作名の旧字体は、すべて新字体に変更している。またとくに言及がないかぎり、引用文中の「……」は引用者による中略部分を示す。

註

(1) 新居格「無価値の狂想」大沢正道編『虚無思想研究　上』(蝸牛社、一九七五)、一〇七―一〇八頁。

(2) 壺井繁治「頭の中の兵士」大岡昇平・平野謙・佐々木基一・埴谷雄高・花

田清輝編『新装版　全集・現代文学の発見　第1巻　最初の衝撃』(學藝書林、二〇〇二)、二六八―二七〇頁。
(3) 石川啄木『啄木全集　第四巻』(筑摩書房、一九六七)、三七一頁。
(4) 大杉栄『大杉栄全集　第2巻』(日本図書センター、一九九五)、九六―九七頁。
(5) 辻潤『辻潤著作集　第2巻』(オリオン出版社、一九六九―七〇)、六二頁。
(6) 正宗白鳥『正宗白鳥全集　第二巻』(福武書店、一九八三―八六)、一四四頁。

描かれた大正風俗　「東京パック」大正3年4月20日号の表紙

I

アプローチの方法

本書では、「個人的主体が自分自身を突き放すかのように対象化して、それを観念的に破壊・消去・無化・無意味化・空虚化・無価値化していこうとする内的実践」を「脱・自分」と呼ぶ。本書の目的は、大正期の文学者の一部にみられた「脱・自分」の欲望とその発動を考察することにある。

ひとが新しい自己要素を追求するときにも、これまでの自分を部分的に否定するような意識がともなう。だが本書では、「脱・自分」を同一化対象としての具体的・実質的な宛先をもたないものに限定する。具体的な別の何者かをめざして現在の自分自身を一時的に否定するような内的実践と区別し、通常の意味での自己同一化には回収されえないものを扱うためだ。それは「なにかになりたいというそのイメージを欠いたまま、いまのじぶんから抜けだす」発想・欲望だともいえる。(1)

一、用語について

一般に、自我や自己の概念は、能動的要素と受動的要素をともに含む。社会心理学などでは、意識の主体である「自我 ego」が自身を対象として再帰的に認識したとき、その対象となったものが「自己 self」だと把握される。そのため、自己は再帰的対象という意味を含む関係的な概念である。

「意識」を「人が自分の直接的な経験あるいは経験の過程を感知すること、あるいはたんにそれに気づくこと」とするならば、「self」には必ずしも「意識（する）」という意味があるわけではない[2]。心理学や社会学では「自己意識 self-consciousness」という用語がその意味を担ってきた。自己意識はときに「自我意識」ともいわれる。このため、それは「自身を客体とみる意識」なのか「自他分別にもとづく、主体自身であるという意識」なのかが不明確だ。従来の社会学などではおおむね前者を採用し、自己意識を「自分自身を他者の観点から対象化して認識している、再帰的な心的作用」とすることが多い。本書もこれに従う。そして自我意識のほうを後者の理解にあて、まずは「自他分別にもとづく、主体自身であるという意識」という意味を採っておきたい。

現代思想では「主体」をニュートラルな独立存在として把握しなくなった。一九六〇〜七〇年代以降の構造主義やポスト構造主義といった思想の展開によって、実体的な近代的主体概念そのものが希薄化したからだ。現代の歴史学や社会学が批判的に問い直してきたように、近代的な主体は、支配者・統治者への服従とその支配者・統治者に保証された諸権利の行使という二重性のもとに、一つの社会的な場として捉えられる[3]。また、主体概念は「アイデンティティ」という語のうちにおおむね移行しているが、構築主義的な主体概念批判の立場もアイデンティティ概念批判としての「脱アイデンティティ論」に向かっている。とはいえ、そうした議論では、社会的な統合性を保持しようとする近代的個人の状態を前提とし、そこでのアイデンティティ批判がめざされている[4]。

用語の構成：「個人的主体」

「自分自身から脱出したい」「自分自身のありかたを壊したい」といった発想・欲望は自己意識的なものだ。とすれば、主語的な位置を示す用語設定が必要である。そしてその用語が構築主義的な批判的主体論の文脈にも開かれるべきだ。

本書では、主語的な位置を含む、社会的存在として一定の幅・範囲をもった概念として「個人的主体」という用語を構成し、採用する。「個人」をそのまま採用しないのは、それが社会との対比関係やひとの単数性などを強く打ち出すための概念ではないからだ。むしろ主体という語を部分的に使用することで、受動的側面（＝被構築性）も能動的側面（＝諸権利の行使）も含めた社会的構築の場と捉えうる。

以上から、個人的主体を発想・欲望が生じる社会的な実践の場として設定し、そこに歴史的・社会的・文化的な構築性をみるという視座をえた。

用語の選択：「自分」

一見すると、再帰的対象となる「self」にはやはり「自己」の語を選択するのが妥当かと思われる。だが「自分」も意味的には「自己」とほとんど同義で用いられ、「self」の意味としても重なる。本書の考えでは、従来の「自己」の使いかたもある程度押さえつつ、キーワードとしては「自分」の語をあえて使う。

実存主義哲学研究の飯島宗享は、自己論においては「自分」の語が避けられるべきだと述べた。「自分」という語が避けられる理由は「分」という語にある。「分」は一つのものを分けるというところから、ある「持ち分」という意味合いをもつ。たとえば、楽しい気分や憂鬱な気分というときの「気分」という語は「気」の分有形態が現象的事実であることを示す。この「分」が社会的に考えられたとき、「身」の分有すなわち「身分」という語が生まれる。さらには「分際」「分を知る」「分をわきまえる」「分限者」など、「身」を省略して「分」だけで独立して身分の意を示す場合もある。つまり「分」の語の使用には封建的秩序意識や階級・財産などにもとづく社会的評価、あるいはそのひとの持ち物などの意が含まれてしまう。そうしたニュアンスは少なくとも欧米の用語法には基本的にみられないから、さしあたり除外されるべきだ。以上が飯島の論旨である。(5) 哲学的・心理学的な議論を展開するにあたって、「自分」の語だと一種の夾雑物が混じってしまうことになるのだ。

しかしながら、ここにこそ議論の突破口がある。飯島自身も述べるように、身分遺制による差別などは社会的諸関係のもとで空間的に連鎖し、重層構造を生み出す。歴史的にもそうした差別の構造は社会や共同体に残存してきた。それは社会の構造や制度として、空間的・時間的な広がりをもって機能していく。歴史的・社会的・文化的な夾雑物が混じっているがゆえにこそ、「自分」という用語を使う意義がある。「自分」の語は「分」を含むことで、もとより歴史的・社会的・文化的要素をもつ。この語の選択は、先述した個人的主体という用語の構成・選択と響きあう。

以上から、「個人的主体が自分自身を突き放すかのように対象化して、それを観念的に破壊・消去・無化・無意味化・空虚化・無価値化していこうとする内的実践」を「脱・自分」と呼ぶことにする。また、個人的主体においてその観念的欲望が発動する事態を「「脱・自分」の欲望の発動」と表現する。

二、アプローチと理論枠組み

日本人の近代的な自我意識はキリスト教や文学を介した西洋社会からの文化的輸入物としての面を強くもっている。少なくとも、その強い影響下にあったことは疑えないだろう。大正期における自我論の流行をかんがみれば、当時の知識人層においてもその形成・確立の途上、あるいは模索中だったとみてよい。こうしたことから、歴史的な場所性をふまえた知識社会学的なアプローチを採るのが適切である。西洋社会の近代的自我を想定した一般理論的な議論の使用は、大正期の日本社会特有の「近代的自我」をめぐる諸問題を見落とすおそれがあるからだ。

知識社会学的なアプローチを端的に定式づけるなら、次のようになる。(6) すなわち、それは諸観念の発生に光をあてながら、具体的な個々の思想がその思想の照応する社会的生活状況と発生的に結びついていることを示すという方法だ。とはいえ、知識社会学はけっして観念の起源についての直接的な因果的説明を提供するものではない。教条的マルクス主義などをはじめとした汎機械論的な生活観をはじめから拒否するからである。知識社会学がめざすのは、人間の思想をその諸起源と内容においてともに理解するための方法を提供することだ。

本書の採る知識社会学的なアプローチとは、「脱・自分」の欲望の発動に光をあて、諸言表の検討からその内容を理解するとともに、それを大正期という歴史的・社会的・文化的状況での諸起源と関連させて理解するものである。

「近代的自我」について

本書では「近代的自我」を括弧つきで表記する。

西洋近代社会は人びとを社会の成員として均一化するだけでなく、内面的に個人化することにも大きく寄与した。社会生活特有の諸形式は、人びとの精神的・内面的な自己コントロールのしかたをも特徴づけ規定するので、社会生活の諸形式が変われば内的な自己コントロールのしかたも変わってくる。一般に近代的な自我意識とは、〈自己主張において何らかの客観的正当性の権利意識をともなうと同時に、他の諸個人にもそれを認めようとする〉という近代市民社会の社会的関係にもとづく自我意識を指すことが多い[7]。それは西洋近代が理想とした自我意識だ。もちろんそれはあくまでも自我意識の理念型であって、西洋近代もその自我意識も多様な歴史的・社会的・文化的要因の複合によって生じたものだから、本来は単純化できない。しかし――ほかの国々や地域の考察のためにも押さえておくべきだが――非西洋世界にあった日本の近代化には「西洋近代からの文化伝播に始まる自国の伝統文化のつくりかえの過程」にほかならない、それ以上に特殊で複雑なものだった面がある[8]。実際に、日本の近代化の特殊性は社会科学に大きな問いをもたらしてきた。近代日本の知識人層における自我意識を考えるさいは、この複雑な特殊性に注意することが肝要である。近代日本の知識人層における自我意識の形成・確立の過程も、おそらく日本社会なりの後発的近代社会特有の刻印を強烈におびたものだったろう。

　もう一つ注意するべき点がある。それは自我意識が自分自身の形式に関する観念を含むということだ。M・モースが論じたように、意識や精神の根源的な範疇だとみなされがちな自我の観念さえも、実際には諸々の社会生活の制度にもとづいて出現してきた一連の形式である。[9] したがって自他分別にもとづく自我意識は、おそらくそれぞれの歴史的・社会的・文化的な文脈をとおして構築された、「他人とは異なる自分自身」という形式を認識する再帰的な観念を含む。そうした自他分別の意識はもちろん批判や懐疑や自己主張ばかりを生むわけではなく、（西洋近代の理念型としては）客観的正当性の権利意識の相互認知や共有もあって、他人や社会への適応的同調という機能も果たす。逆に近代社会においても自他分別の意識が不充分であれば、適応的同調はいわゆる前近代的なありかたを強く含んだままになる。また、そうしたいわゆる前近代的／近代的といった区分以外にも、日本社会でのような「自国の伝統文化のつくりかえの過程」においては、人びととの自我意識の形式がそのときどきの社会的・文化的状況に応じた移行的なものだった可能性さえある。

　これらの二点に注意すれば、自我意識の内実・形式を前もって普遍的に確定させすぎないほうがよいように思われる。むしろ、自我意識というものを歴史的な場所性やその変移を組み込んで論じうるような、いわば緩めの概念として再定義しておく必要があろう。とはいえ、各人各様の意識に着目するような論では収拾がつかなくなってしまう。そこで本書では、自我意識を「当該社会の諸状況による影響のもと、ある程度の範囲で他人たちと共有される、個人的主体が自分自身を捉えるさいのベースとなる意識」というほどの意味で使う。

以上より、本書では日本社会における近代的な自我意識を、西洋近代が理想とする普遍的・固定的なものといったん区別し、「近代的自我」と括弧つきで表記したい。Ⅲ・Ⅳ・Ⅴで具体的にみるように、明治・大正時代には社会的・文化的状況とそれを担う主たる層とがともに変化・複数化していくことで「近代的自我」のありようも少しずつ異なっていく。

近代日本における否定的思想と「脱・自分」

知識人層の大部分が近代的な自我意識を模索あるいは形成・確立しようとしていた明治・大正期において、既成の価値観を疑い攻撃する否定的発想をもった一部の文学者による「脱・自分」は、まさにそれと正反対の動向をとるものだった。

そもそも自身を否定する発想は、一面においては近代日本の思想的趨勢でもあった。だが、それらの多くには具体的・実質的な目的地点が設定されていた。たとえば、明治期の「文明開化」の思想は自身を否定・卑下して西洋に近づこうとしたものだ。後発国としての脆弱さと屈辱から、そこでは国益への献身や責任が強調された。国民性や国民意識を時代遅れの概念だと言って「民族性喪失」の願望を表明した経済学者・政治家の田口卯吉でさえも、世界政府の設立という大きな共同体を目標としていた。また、明治二〇年代に深い自己疑惑を抱えて苦悩した北村透谷も、「「自己《セルフ》」という柱に憑《よ》りかゝりて、われ安し、われ楽しと喜悦するものの心」といったような目的意識のない自己満足を批判した。[10]

明治期の否定的発想の多くはこのように目的地点や目的意識が明確なものだったが、明治後期になると、しだいに目的意識が不明確な言説がみられるようになる。たとえば、二葉亭四迷が『文章世界』に発表した「私は懐疑派だ」（明治四一年）は自身の文学的な目的喪失を回顧的に告白したものである。しかし自嘲的な文体で人生の実感と文学表現との乖離を述べてはいても、『浮雲』と同じく「脱・自分」の欲望まで示してはいない。[11]

いっぽう、明治末期の文壇や思想界の否定的心性を捉えた石川啄木は、近代日本社会における目的意識の喪失を鋭く指摘した。明治四三（一九一〇）年二月『東京毎日新聞』掲載の「性急な思想」で、啄木は「目的を失つた心」としての「性急《せつかち》な心」を近代日本社会特有の心性とみて批判的に論じる。啄木のいう「性急な心」とは「自分自身の生活の内容を成してゐるところの実際上の諸問題を軽蔑し、自己其物を軽蔑する」ものだ。「自分自身が従来服従し来つたところのものに対して或る反抗を起さねばならぬやうな境地」にいたってひとが実際に反抗を起したとき、その反抗や否定は何よりも自分自身の反省への第一歩だということが忘れられる。それは多くの場合、「建設の為の破壊であるといふ事を忘れて、破壊の為に破壊してゐる」だけなのだ。[12]

この啄木の批判は、当時隆盛した自然主義文学の陥った隘路を念頭においている。これは「脱・自分」の発想までも批判しうるものにみえよう。文学者が自分自身を否定することは、日本の知識人層が中途半端な近代化による「性急な心」のままに「自己其物を軽蔑する」ことだからである。たしかに当時の「脱・自分」も、「目的を失つた心」である「性急な心」に強く影響を受けてはいる。ところが、じつは（ほかならぬ啄木も含めて）近代日本社会の知識人層の一部は自身の「性急な心」をも含めた「自己其物を軽蔑する」ことを徹底的におこなっていた。この時期から現れはじめる「脱・自分」の言説はまさにその証拠である。「脱・自分」は、当時の否定するためだけの否定という思想的行き詰まりにたいして、さらに否定的な方向で反応したといえるものなのだ。

文化の機能――「適応」「超越」「自省」

では、知識社会学的アプローチのなかでも、どういった理論枠組みが当時の否定的な思想的諸契機を考察するのに有効なのか。近代日本の歴史的・社会的文脈にそくして「適応」「超越」「自省」という文化の三機能とその関係性を論じた、井上俊の「日本文化の一〇〇年――「適応」「超越」「自省」のダイナミクス」（一九八九年）という論考がある。(13) 本書はこの論が非常に有効だと考える。大正期に顕著だった文化の否定的・批判的機能をこの論がうまく掬いあげて指摘しているからだ。以下ではこの論を手がかりとして、「脱・自分」の理論枠組みを考えたい。

井上の説明をたどろう。文化を広く考えれば、まず文化は人間の環境への「適応」を助け、人びとの日常生活上の欲求充足をはかる機能をもつものだといえる。こうした現実への「適応」や生活維持の点からみると、文化はもともと実用主義的なものだ。実際に、明治時代の基調は実用主義的な「適応」志向だった。富国強兵・殖産興業といったスローガンに代表されるように、近代国家の建設とその経済的基盤の整備という国家目標を達成するための手段こそがいわゆる「文明開化」であった。明治後期になると、文明開化は学問・思想・芸術・技術・機械・器具といった事柄を越えて、人びとの日常生活のありかた全般にまで影響を与える。

しかし、文化は実用的な効率追求・打算・妥協にまみれた現実の生活を超えて、あるべき世界や人間のイメージを構想し、そこから現実を批判し導こうとする理想主義的な「超越」の側面も備えている。実際に、明治後期の幸徳秋水・堺利彦・木下尚江らの社会主義運動、内村鑑三らのキリスト教的理想主義、大正期のデモクラシー運動や労働運動、あるいは白樺派や『青鞜』やプロレタリア文学などは、現実主義的な「適応」を理想主義的に批判して「超越」しようとしたものだった。

文化には、さらに別の側面がある。ある程度発達した社会の文化は、妥当性・正統性を疑い検討する「自省」の機能をもつ。そこでの自省的要因から発せられる懐疑は、まず文化の現実適応的要因のはたらきに向けられ、理想主義的な現実批判とは違った批判を生む。それとともに、その懐疑は文化の超越的要因の機能にも向けられる。こうして、文化における「自省」は社会や文化の現実主義的側面と理想主義的側面をともに疑い相対化する力をもつ。

「自省」の反応の例としては、明治四四（一九一一）年の夏目漱石による有名な講演「現代日本の開花」があげられる。それは苦痛や心配や不幸を増大させる「開花のパラドックス」を指摘するものであり、たんなる国粋主義的反発とは異なる疑問の表明だった。大正期の「自省」の例をいくつか補足してみよう。大正九（一九二〇）年の第一回国勢調査を契機として各官庁は堰を切ったように統計調査をあいついで実行したが、当時の民衆は自分たちを調査対象とする統計調査を猜疑の目で見守り、巷では民衆の心情を反映した調査節が流行した。また、大正一三（一九二四）年の『報知新聞』に登場し大正時代が終わるまで続いた麻生豊の人気四コマ漫画『ノンキナトウサン』は、大正末期の不況の世相をとぼけた雰囲気で批判的に捉えていた。(14)

このように、少なくとも明治後期から大正末期にかけては「適応」「超越」「自省」という文化の三機能を確認できる。この全般的な文化の機能論を「近代的自我」をめぐる限定的な問題に適用するのは可能なのか。本書はいくつかの点で解釈や想定を限定・修正すれば可能だと考える。「近代的自我」もその諸問題も、当時の歴史的・社会的状況での文化的産物だ。そして個人的主体とはその状況やそこでの文化的産物から強い影響を被る一つの社会的な場である。「近代的自我」が個人的主体において形成・確立されていく歴史的・社会的な経緯をおさえたうえで、それに応じた「近代的自我」への否定的反応を文化的産物として考察するなら、個人的主体という場ではたらく文化の機能を論じることは充分に可能だ。

以上から、「近代的自我」への否定的反応である「脱・自分」を、大正期の個人的主体ににおける文化の批判的・懐疑的機能（＝「超越」「自省」）の現れとして捉えたい。それを当時の個人的主体という場で生じた「適応」にたいする批判・懐疑の反応だったと位置づけるわけだ。

ただし、井上は文化の自省的機能が超越的機能から派生すると述べるのだが、なぜそういえるのかがまだ不明確だ。文化の理想主義的側面を相対化する機能がまさにその理想主義的側面から発生するというのは、論理的にもわかりにくい。「超越」と「自省」の関係性を利用して議論をおこなうには、この点の検討が必要だ。

「超越」と「自省」の関係性

井上の論は、社会学における「聖―俗―遊」理論の枠組みから導出されている。すでに井上はR・カイヨワが『遊びと人間』（一九五八年）において展開した「聖―俗―遊」の三項図式を導入し、遊の領域に着目する社会学的有効性を論じていた。社会的領域と機能との対応についていえば、それぞれ俗が「適応」に、聖が「超越」に、遊が「自省」に対応する。

聖の領域は神などの超越的・理想的な存在を想定し、人間に義務や拘束を課すような宗教に代表される。聖は既成の価値序列にある俗の世界を超越的・理想主義的な立場から批判する機能をもつ。それに対して遊の領域とは、俗の領域がもつ現実主義的な要請からも聖の領域がもつ理想主義的な要請からも自由になっていくものを指す。こうした遊の領域は、それじたいが目的であるような自由な活動領域である。社会における聖と遊の領域は、離脱の方向が逆ではあるものの、ともに俗という日常的な実生活の領域から離脱して、俗と対立する。このため聖と遊は深い親縁性をもつ。

一般に近代化の進展においては社会構造の諸要素がさまざまに分化し、その世俗化も進む。近代社会の世俗化は非合理的で超越的な聖の領域も分化させつつ、現実の社会制度などの俗の領域での価値秩序に聖の理想主義的要素をとりこむ。とともに、批判力をもった聖の諸要素からその厳粛性・理想性を外してそれらを「遊び」化する。また、世俗化が進む近代社会では諸個人の内面的な自律性が尊重されていくが、そのぶん聖の領域での理想主義的な機能も弱まっていき、遊の領域の自立化が推し進められていく。こうしたことによって、近代社会における世俗化の進展において遊の要素をもつ文化の自省的機能が聖の要素をもつ超越的機能から派生してきた。

このように確認したうえで、指摘・注意するべき点が二つある。

まず、井上の論において「超越」と聖、「自省」と遊とがじつはそのまま重ねられていないことだ。「超越」についていえば、義務や拘束などを課する聖の宗教的要素を捨象してその機能を理想主義的な批判作用に限定するという、抽象的な処理が施されている。このため「超越」では文化における精神的自由がある程度まで確保されることになる。「自省」についていえば、独立的な自由を特徴とする遊のもたらす機能がいくぶん限定され、その機能が文化における自己懐疑的作用に設定されている。「自省」には何かへの積極的自由ではなく、何かからの消極的自由が導入されているのだ。

理想的な何かへの積極的自由を「超越」の反応として捉え、そこから派生した何かからの消極的自由を「自省」の反応として捉えるという井上のこうした理論的処理じたいは、「脱・自分」という問題を扱う本書にとっても非常に有益である。「超越」「自省」をともに広く否定的発想という点から捉えることができるからだ。ただし、このために「超越」と「自省」の区別が曖昧になる事態もひきおこしてしまう。また、「自省」がその強度や質によってずいぶん広く捉えられるものにもなってしまう。本書はこうした理由からさらに限定的な修正を施して、(ただ結果的にそうなったというのではなく)明確に「超越」を狙って懐疑したものだけを「自省」と判断したい。

つぎに、明治・大正期が近代的な世俗化の途上期だったことだ。つまり現実の社会制度や価値秩序をうけもつ俗の領域が、日本社会特有の刻印をおびたかたちで、国家主導かつ急ピッチで形成・確立する途上だった。ということは、俗の領域がやはり歴史的・社会的・文化的状況ごとに変容していたことになろう。現実主義的な俗の領域での「適応」を明治期の文明開化だけで捉えるわけにはいくまい。聖の領域についても同じことがいえる。そうした時期に遊の領域が完全に自立していたとみるのは無理だろう。未分化とまではいえないにせよ、遊が聖の派生態のままで存在する状態だったとみるのが適切である。こうしたことから、大正期を考察するかぎり、「自省」の機能を「超越」の派生態のままに考察することが必要だ。また、明治・大正期では俗・聖・遊が時期ごとに変容する相対的な関係項だったと考えることも必要だ。

理論枠組み──「近代的自我」と「適応」「超越」「自省」

以上をふまえ、大正期の日本社会と「近代的自我」とに関わる「適応」「超越」「自省」について、本書での意味をここで確定したい。

「適応」の語は、そのときどきの国家主義のありかたに応じて社会が統合・統一されていく、あるいは個人的主体が当該社会の主たる価値・秩序へ自身をあわせていくという意味において、現実主義的な作用・動向を指すものとする。

「超越」の語は、そうした「適応」のもとでの価値や秩序を批判する理想主義的な作用・動向を指して使うものとする。

「自省」の語は、「超越」の派生態であり、「適応」と「超越」をともに再帰的に懐疑し、それらから距離をおこうとしていく作用・動向を指すものとする。

以上の作用・動向について、とくに社会の側に属する大きなものを指すときに「社会的傾向」と呼ぶことにする。また「超越」「自省」は単独で生じるものではないため、他の作用・動向との関係性によって生じることをそれぞれ「「超越」の反応」「「自省」の反応」と呼ぶことにする。

こう考えるなら、「脱・自分」という当時の否定的営為は、社会的価値・秩序への「適応」のもとにあるような現在の自分自身にたいする批判的な「超越」の反応の変種、あるいは懐疑的な「自省」の反応だったと解釈できる。「超越」の反応そのものではなく「超越」の反応の変種だとみるのは、「超越」の作用が理想的な同一化対象を具体的・実質的にもつかどうかという区別にある。それをもたないものを変種と考える。そして先に「超越」の反応が生じ、「自省」の反応は「超越」の派生態として現れていると考える。

したがって「近代的自我」への否定的発想である「脱・自分」の考察には、「超越」の反応に焦点をあてて論じるのが適切だろう。個人的主体における「適応」と「超越」の関連および「超越」と「自省」の関連から、大正期における「脱・自分」の欲望の発動を捉えるわけである。大正後末期の「自省」が「超越」から派生した事実（これはⅣで確認する）にくわえ、時期にしたがって変移していく「近代的自我」のありようとそれへの否定・批判・懐疑作用をともに把握するうえでも、この焦点のあてかたは有効だと思われる。

註

（1）鷲田清一『じぶん・この不思議な存在』（講談社現代新書、一九九六）、七六頁。
（2）溝上慎一『自己の基礎理論――実証的心理学のパラダイム』（金子書房、一九九九）、三八頁。
（3）次の文献を参照。Butler, Judith, 1997, *The Psychic Life of Power: Theories in Subjection*, Stanford Univrsity Press.（＝二〇一二、佐藤嘉幸・清水知子訳『権力の心的な生――主体化＝服従化に関する諸理論』月曜社）
（4）上野千鶴子編『構築主義とは何か』（勁草書房、二〇〇一）および、同『脱アイデンティティ』（勁草書房、二〇〇五）。

（5）飯島宗享『自己について』（未知谷、一九九二）、二五―二六頁。

（6）Stark, Werner, 1958, *The Sociology of Knowledge: An Essay in Aid of a Deeper Understanding of the History of Ideas*, Routledge.（＝一九七一、杉山忠平訳『知識社会学――思想史理解の深化のために』未来社）、訳書二四四―二四六頁。

（7）小田切秀雄「日本における自我意識の特質と諸形態」『近代日本思想史講座Ⅵ 自我と環境』（筑摩書房、一九六〇）、九―六五頁など。

（8）富永健一『日本の近代化と社会変動』（講談社学術文庫、一九九〇）、四〇頁。

（9）Mauss, Marcel, 1968, *Sociologie et anthropologie*, 4e édition, PUF.（＝一九七七、有地亨・山口俊夫訳『社会学と人類学Ⅱ』弘文堂）、訳書七三―七八頁。

（10）Pyle, Kenneth B., 1969, *The New Generation in Meiji Japan: Problems of Cultural Identity, 1885-1895*, Stanford University press.（＝二〇一三、松本三之助監訳・五十嵐暁郎訳『欧化と国粋――明治新世代と日本のかたち』講談社学術文庫）、訳書一四四頁。北村透谷・勝本清一郎校訂『北村透谷選集』（岩波文庫、一九七〇）、三〇五頁。

（11）坪内祐三編『明治の文学　第5巻　二葉亭四迷』（筑摩書房、二〇〇〇）、四一六―四二三頁。

（12）石川啄木『啄木全集　第四巻』（筑摩書房、一九六七）、二四〇―二四四頁。

（13）以下の説明・引用は、次の文献を参照。井上俊「日本文化の一〇〇年――「適応」「超越」「自省」のダイナミクス」『悪夢の選択――文明の社会学』（筑摩書房、一九九二）、八一―一〇八頁。同「パースペクティヴとしての遊び――聖―

俗理論からの展開」『遊びの社会学』（世界思想社、一九七七）、一一三―一五五頁。同「遊びの思想」『死にがいの喪失』（筑摩書房、一九七三）、九九―一三一頁。

（14）竹村民郎『大正文化　帝国のユートピア――世界史の転換期と大衆消費社会の形成』（三元社、二〇〇四）、一一三―一一四頁。加太こうじ「漫画で見る大正時代」『大正および大正人』創刊九月号（大正文化、一九七七）、一二八―一二九頁。

大正期の銀座通り

II

大正期と文学者

本書は大正期の文学者における「脱・自分」を考察する。具体的な対象は、大杉栄・辻潤・正宗白鳥という三人の文学者の言説・思想構造・精神形成である。この三人については資料や研究成果がある程度整っており、複数の評伝・伝記も書かれている。したがって、個人の全体像もその歴史的・社会的・文化的位置づけも比較的はっきりしている。

一、大正期の文学者

大正期の知識人層と「近代的自我」

本書は「近代的自我」の問題に関心をもった知識人層に着目している。「脱・自分」が自我意識の問題と切り離せないだけではなく、そうした知識人層が日本の近代化の典型的な産物であるからだ。

発行部数の多い著名ないくつかの辞書に「modern」の翻訳語として「近代」が登場するのは、だいたい大正期である。そして、日本社会が一定の近代的な制度化を達成していくなかで、自我論がはじめて本格的に盛行した時期も大正期である。(1) この時期には、日本社会特有の「近代的自我」の形成・確立にともなうさまざまな問題や反応が生じている。明治中期に北村透谷など少数の例外はあったものの、具体的な政治権力の問題から離れて抽象的な思考をおこなうような、いわば教養人としての新しい階層が、明治時代後末期から大正時代にかけて出現してきた。夏目漱石門下の人びと(小宮豊隆・鈴木三重吉・内田百閒など)や白樺派（武者小路実篤・志賀直哉・有島武郎など）や耽美派（永井荷風・谷崎潤一郎など）や新思潮派（芥川龍之介・菊池寛など）といった文学者、西田幾多郎や教養主義（阿部次郎・安倍能成・倉田百三など）の哲学者はよく知られる。

近代日本の知識人層は、資本主義の発展や国民国家の形成過程において高等教育が普及することで形成された。日本は西洋近代の諸成果を明治期から急速に輸入してきたために、当時の知識人層における近代的な自我意識の問題も内発的なものではなかった。後発的近代国家特有の強力な国家主義イデオロギーのもとでは、近代的個人の社会的確立もうまくいかなかった。このため知識人層にとっては、近代的な自我意識を形成・確立するという課題と近代的な国家主義を批判してのりこえるという課題とが、日露戦争（明治三七〜三八年）や大逆事件（明治四三年）などをとおして明治後期以降に同時並行でのしかかってくる。

「脱・自分」の言説は、まさに大正期の知識人層がこの課題の二重性にぶつかっていたときに、そのなかの一部の文学者においてはじめて現れはじめた。知識人層が近代的な国家主義を批判しながら近代的な自我意識を確立していくという途上において、「脱・自分」が現れてきたのだ。だとすると、文学者にみられる「近代的自我」の形成・国家主義への批判・「脱・自分」の発生の三つは、きわめて密接に関わっている。このため、大正期の文学者を対象にすることで、原初的な「脱・自分」を「近代的自我」と近代日本社会をめぐる根源的な問題の一つとして認識できる。

大正期について

文学者の「脱・自分」が、元号そのものと深く関係しているわけはない。考察対象のうち大杉以外の二人も、その主たる活躍期が元号としての大正時代をはみだしている。とすれば「大正期」という語を使って議論するのは不自然であるようにみえる。しかし、大正期をもう少し広く捉えて知識人層を考察することは可能である。

まず文化面において、明治後期の諸動向は大正文化を予告するその構成要素でもあった。思想家・哲学者の鶴見俊輔は、大正文化の特色の一つに各個人が自身の私生活を充実させようとする志向をみた。そして都市部の中産階級にとっての「大正文化期」を、大正時代よりも長く捉え、明治三八（一九〇五）年から昭和六（一九三一）年までとみた。それは日露戦争の終結から日本の軍部が第二次世界大戦へのさきがけをなすまでの四半世紀にわたる文化だったと考えられるからだ。(2) 日露戦争前後から従来の「西洋風」という形容が「近代」という表現に変わってきたことも、象徴的だろう。(3) 文学の領域を私小説にそくして概観しても、田山花袋の『蒲団』（明治四〇年）に始まり、大正時代後末期に横光利一らの新感覚派などが技巧によって私小説を否定しようとした私小説の「最後の変種」として現れ、それらが時代思潮としては昭和初期に終焉していたという事実におおむね呼応する。

また政治面においても、第一次護憲運動と第三次桂太郎内閣総辞職じたいは大正時代に入ってからのものだとはいえ、大正時代に大きく展開される社会主義的な抵抗は、その萌芽と弾圧が日露戦争開始後からみられた。いっぽう昭和時代の滝川事件（昭和八年）や美濃部達吉の天皇機関説を非難して出された岡田啓介内閣による国体明徴声明（昭和一〇年）などでは、軍部の台頭とともに弾圧対象が社会主義者以外にも拡大し、弾圧のありようが変容した。二・二六事件の起きた昭和一一（一九三六）年には、皇道派など昭和維新運動の関係者や治安維持法に触れる人物を思想犯として監視する思想犯保護観察法が、多方面で国家統制を進める廣田弘毅内閣のもとで成立している。一般に政治は情勢によって次々に変化するものだが、国家主義への否定的発想やその弾圧のありかたの点からみて、日露戦争後からこの時期までを少し広めに捉えることはひとまず可能だろう。

さらに経済面においても、日本は明治後期に後発国としての産業革命を完了させ、資本制生産を軸とした経済社会を確立したうえで、諸産業が財閥に独占されていく時代へ移行しはじめる。そして恐慌や第一次世界大戦ブームや震災の影響などを含む大きな景気変動を繰り返しつつ、昭和四（一九二九）年の世界恐慌のあおりをうけて、学士が職にありつけない「大学は出たけれど」の流行語に象徴される昭和五（一九三〇）年の昭和恐慌が発生し、日本経済は壊滅的な打撃を受ける。翌年には犬養毅内閣の蔵相高橋是清の対策により、金輸出と金貨兌換が停止され、その積極財政とともに金本位制からの離脱が本格的に断行された。経済史的にも、この時期をひとまとめに捉えるのは、ある程度まで妥当だろう

本書ではこうした基本的な文化・政治・経済史的見解にもとづき、日露戦争後の明治後末期（明治三八年ごろ）から昭和初期（せいいっぱいにみても昭和〇〇年代後半）までを「大正期」と捉えたい。なお、元号としての大正を指すときには「大正時代」と表記する。大杉・辻・

白鳥の三人は、青年期を経たその活躍期をちょうど大正期に生きた。

対象の選択

三人は個性こそまったく違うものの、大きな四つの共通性をもっている。

一つには、「脱・自分」を量・質ともに突出して表現した個人的主体であり、すでに述べたように資料や研究成果や評伝や位置づけも比較的整っているため、採集した諸言表をおおむね恣意的な理解を排して分析・考察できることだ。

二つには、青年期にキリスト教から強い影響を受け、西欧文化を最先端で吸収した知識人として文章を書き(三人とも洋行をしている)、読者層のひろがりもある程度もつことだ(三人とも全集・選集が複数出ている)。

三つには、「脱・自分」の言説が自己表出的な色合いの強いものであり、当時の文学・思想の趨勢がある程度意識されつつも、特定の誰かに向けてはあまり書かれていないことだ。もちろん自身のことを書いた文章でも、書簡・新聞・雑誌・単行本などに載るさいには読者が想定されている。金銭的理由から原稿を書いたという現実的な要因もあろう。だが、三人が繰り返し生み出した「脱・自分」に関してのみいうなら、他の諸要因よりも自己表出的要素のほうが圧倒的に強い。自分自身のことばかりを露出的に書いた辻や自身の死の恐怖から出発した白鳥はもとより、労働者や社会主義者に語りかけた大杉でさえも、大正前期を中心とする言説の多くは観念的な個人的自由を述べる文章にとどまっている。

四つには、当時の否定的・批判的発想を徹底させた代表者として位置づけられることだ。大正期は数多くの社会問題とさまざまな思想が噴出している時期だった。文学・哲学・思想・宗教・人生論・労働・社会運動などの問題が、日露戦争後の知的青年層に強力な影響を与えていた。全般的に大正時代の思想・文学諸流派の活動とは、明治後期の自然主義文学に発する反応でもあり、大逆事件以後の社会的弾圧への反応でもあり、労働問題・社会問題への反応でもあり、関東大震災とそれにまつわる諸事件によって様相が一変したものでもある。

大杉の評論・行動は（少なくとも自己表出的なものに関しては）大正前中期を中心とし、関東大震災までの社会主義や労働運動をアナーキズムの面から代表する。辻の文学・エッセイは、大正後末期特有の無力感や虚無感をダダイズムの面から代表する。大杉と辻の思想は、白樺派や教養主義の底流にある大正期の生命主義潮流とも大きく関わっている。白鳥の文学・評論は、日露戦争後から明治末期にかけての自然主義文学の動向をニヒリズムの面から代表する。この三人は、当時の知識人層にみられた主要な思想的動向をある程度まで展望しつつ、否定的・批判的発想を徹底させた代表者な文学者として捉えうる。

二、文学者とそのテクスト

文学者という知識人

知識人とは、時代の思想動向を敏感に受けながら自身の考えを言語化して開陳する人びとだ。なかでも特殊な想像力を解き放つのが文学者という知識人の強みである。芸術表現のうち、独特の感受性によって問題の鉱脈を探りあてて新しい言語表現をおこなおうとする意欲は、やはり文学者ならではのものといってよい。近代的な自我意識や「脱・自分」といった内的な問題であればなおさらだろう。

とはいえしばしば指摘されるように、文学者のテクストを利用する場合には次の問題がつきまとう。現実的な日記や書簡と比較すれば明瞭なように、小説や詩や戯曲といった文学作品は作者の創作物だ。エッセイでも一時の思いつきに過ぎなかったりフィクションだったりする危うさがある。記述が混乱していることもある。要するに（少なくとも一般の社会科学においては）文学者のテクストの数多くが客観的データとしての使用に堪えないのだ。

しかし本書の問題関心にかぎっていえば、この問題による不都合は生じにくい。考察対象が、個人的主体において解き放たれる想像力や欲望とその言語表現だからである。たしかに一作品だけでは、その文学者の想像力や欲望を充分に考察できまい。だが本書の考察対象である三人は、身辺の個人的事情や自身の思いをストレートに繰り返し書きつけていくタイプの文学者だった。それは自然主義文学や私小説の時代という当時の文化的状況にも与っている。

大正期は「自分を書く」という再帰的な自己表象行為とその文化が立ちあがった時代である。明治三〇年代以前には作家が自身のことを書いた作品は稀であった。「私小説」の語じたいが現れたのは大正時代に入ってからだが、私小説に該当する小説はすでに日露戦争後の明治三九（一九〇六）年あたりから頻繁に書かれだしていた。(4) 宇野浩二は明治四三（一九一〇）

年ごろの田山花袋や白樺派の作家たちが一人称としての「私」「自分」「俺」を新しいニュアンスで慣用しはじめたことを指摘し、「これまでの自然主義派の小説で見た同じ一人称のものと、ひどく趣が違つてゐる……一人称の人物が作者その人らしく書いてあるのに、私は驚かされた」と証言している。[5] 大正末期の私小説論議において、大正一四（一九二五）年に久米正雄は「本ものゝ「私」なら、その「私」が表現したい意欲を感じた限り、きつと一個の存在価値を持つ事を信ずる」と書くまでになった。[6]

こうした事実は、作家・読者ともに、大正期の始まりにおいて文学者の自我意識や自己意識に大きな変動が起きだしたことを示している。少なくとも当時の文壇で大きな存在感を示した自然主義作家たちは、個人の存在について何らかの概念を抱くことが必要だった。文学者は再帰的な自己表象行為の先陣をきっていたのだ。

文学（者）という概念

辻と白鳥については文学的な創作をおこなった人物だとおそらく納得されよう。だが批評や評論を中心に書いた大杉までをその点で「文学者」だとするのは、少し乱暴にみえるかもしれない。そうした見方は、おおむね空想的な内容を言語で表現することだけを「文学」だとするものだろう。しかしそうした見方では、写実的な短歌・俳句が文学ではないという奇妙なことにもなる。しばしば戦争責任のある文学者として文芸批評家の亀井勝一郎・河上徹太郎・小林秀雄らが言及されるし、一般に文芸評論家や批評家を文学者に含める慣例もある。

このように「文学」や「文学者」の語の意味は、やや複雑なところをもつ。

本書でも、ここまで「文学」や「文学者」という語を無批判に使い、それらが所与の存在であるかのように論じてきた。とはいえ、文学者も知識人として特定の歴史的・社会的な状況と深く関わった存在である。近代日本文学研究の小田切秀雄によるすぐれた整理を援用してそのことを補足しつつ、本書での着眼点を示しておきたい[7]。

明治以降、西洋近代の文物や観念の流入とともに、日本における「文学」という語の観念にも変化が生じた。明治初期の「文学」のみならず西洋近代の「literature」も、もとは雑多な意味を含む語であった。時代を下るに従い、抒情詩・叙事詩・小説・戯曲などを指す純正な「創造的文学」という、いわば狭義的な芸術的観念としてこの語が使われるケースもでてきた。日本社会において現在でも使われるような、詩歌や戯曲や物語などをも包括する、思想・感情などが表現された美的作品という意味での文学概念は、明治二〇年代に入ってから誕生したものだ。その明治二〇年代における代表的な大槻文彦の国語辞典『言海』の説明には美的作品としての文学概念がまだ現れていないものの、後の昭和一〇（一九三五）年の『大言海』第四巻の説明になると、「文学批評」が詩歌や小説や戯曲や歴史とともに美的作品としての「文学」という範疇に入れられるようになった。こうした例からわかるように、現在にも続く基本的な文学概念は、ちょうどこの間の時期に日本社会に定着していったとみてよい。

「美的」がどういう事態を指すのかは、たしかに一筋縄ではいかない問題である。だが文学を狭義の「創造的文学」とみる立場をとらないかぎり、当時の大杉のような人物を文学者に含めるのは、右のような歴史的事情も考えるとそう無理なことではない。そのうえで本書が着眼するのは、小田切の次の見解である。すなわち、ある選択にもとづいて「自身の想像力を徹底的に試みる」ことを言語表現においておこなうのが近現代の「文学」の要件である、というものだ。大正期における原初的な「脱・自分」は想像力を徹底させる観念的な試みだった。小田切の見解に従うなら、テクストに残された「脱・自分」の言語表現は近代日本社会での文学的表現の一種として充分に認められる。

したがって大正期の原初的な「脱・自分」とは、再帰的な自己表象の先陣をきっていた当時の文学者によるテクストと切り離せないうえに、批評や評論の活動を含め、想像力を徹底させたという試みにおいてもきわめて文学的な言語表現である。これが大正期の文学者によるテクストを考察対象とした大きな理由だ。

三、文学者の限界

その時代において独自の想像力を解き放つ存在であるからこそ、文学者もさまざまな歴史的・社会的・文化的な限界をもつ。書き手の意識の統御を要求する「書くこと」は社会的規範に支配される活動であるために、そこから生まれた「書かれたもの」も社会的規範を作成・強化していく力をもつ。(8)

文壇という場

前節で述べたような知識人層における自我意識・自己意識の変動は、とりわけ明治三〇〜四〇年代に生じてきた西欧・ロシア・東アジアとの関係変化のなかでの「日本人」意識の編制と連動している。私的な世界において自身を卓越化し、その精神の深さを文学的・思想的に追求することも、実際には比較対象の発見・排除と裏腹の関係にあった。いかに体制を批判してそこからはみだそうとも、文学者の大半は中流階級出身・高等教育経験者・都市生活者の男性だった。幸田露伴門下の田村俊子や夏目漱石門下の野上弥生子をはじめとして、当時に作家を目指していた女性は一流雑誌に作品を掲載するために男性作家たちの門下生になって活躍するしかなかった。当時の文学表現は、国内外への帝国主義的干渉のもとでおこなわれた日本のナショナル・アイデンティティ形成とも通底していた。[9]

とくに明治四〇年代の自然主義文学が前近代への批判力を失って内向きの小世界を形成するにいたると、純文学を中心としたその小世界がいわゆる「文壇」となる。そして多くの文学者がそこで自由人としてふるまいはじめる。このように、文壇での自由は排除と内閉との連動によってもたらされた。

検閲の問題

日本近代の「文学の自律性」が実際には作家や文壇の自律性を意味していたのなら、やはり見落とせないのは検閲の問題だろう。明治期には新聞紙・出版物ともに内務省への納入が義務づけられていた。内務省の資料にもとづけば、少なくとも明治四〇年以降には発禁が頻繁に行われていた。『青鞜』などの雑誌の発禁も有名である。大杉が大正三（一九一四）年に荒畑寒村と発行した『平民新聞』などは何度も発禁処分を受けている。小説・詩歌を問わず、戦前までの日本の近代文学作品は国家当局の検閲による制約とまったく無関係に書かれたのではなかった。新聞紙条例及び出版条例はすでに明治二〇（一八八七）年に勅令として発布されていたが、とりわけ文学における「有害なるものの排除」に日本政府が真剣に取り組み始めたのは日露戦争後の大正期だった。

ここで重要なのは、その検閲制度が主として印刷済み出版物の販売頒布の禁止という手段を採ったために、発行者による自主検閲や当局検閲官との非公式な相談が数多く生じたことである。また明治四四（一九一一）年には文学と政府の協調・妥協を模索する文芸委員会が設立され、第二次西園寺公望内閣のもとで検閲が一時的に緩和された。とはいえ大正二（一九一三）年には山本権兵衛内閣での行政整理のためにこの文芸委員会も消滅し、大震災後になると検閲数が極度に上昇する。要するに、大正期の文学者の自律性とは国家当局との協調・交渉・妥協の結果だという面もあり、文学者という個人的主体にはつねに「適応」のもとでの国家当局のまなざしが浸透していたわけである。(10)

出身階層と社会的位置

当時の否定的・批判的思想に影響された文学者という個人的主体の「脱・自分」も、その想像力や欲望や表現のありかたには以上のような限界に枠づけられている。そもそも近代以降の日本社会で「文学者」と認知されてきた概念も、近代日本社会のさまざまな制度や権力作用の絡まり合いのなかで生じた文化的産物だといえる。こうしたことから、「脱・自分」を生み出した三人の文学者の歴史的・社会的な限界をふまえるために、スタート地点である出身階層や社会的位置についてある程度おさえておく必要がある。実際に三人はこの面でも共通点がある。

(1) 大杉栄

大杉栄は明治一八（一八八五）年、四国の丸亀に大杉東、豊の長男として生まれた。栄の父は職業軍人で、栄が生まれた当時は陸軍少尉に昇進して丸亀に転任していた。栄の生後まもなく東京の近衛連隊に呼び戻され、一家も東京へ移る。家族は父母のほかには四男五女という大きょうだいであった。[11]

大杉の父方の実家は名古屋の西にある越路村大字宇治にあり、代々その宇治の庄屋をしていたという。父の兄も村長をしている。つまり地主階級出身である。とはいえ家はすでに斜陽で貧しかった。それは三男である東が保証金を納められずに豊との正式の結婚届も遅れるほどであり、栄の戸籍面での出生日も遅れている。父は貧乏ではあったが、いったん下士官になったのちに勉強して士官学校に入り、のちに陸軍少佐になる。朝早く隊へ出て夕方に帰ってくる生活で、夜はたいがい自室で何か読むか書くという比較的物静かなタイプだった。栄は吃りで有名であるが、その吃りはこの父方からうけついだ。栄は父方の親戚についてあまりよくは言わなかった。

いっぽう、母方の親戚である山田家は陸軍中将を出すほどの陸軍一家であり、経済的にも豊かであった。栄は母親似であり、その烈しい気性も母ゆずりであった。山田家のこともあって、両親は栄を軍人将校にするという明確な目標をもってしつけた（栄は明治三二年に名古屋陸軍地方幼年学校に入学する）。そのさい、号令をてきぱきとかける明瞭な発声が将校となるためには必要だと考えていたので、両親は息子の吃りにたいして過剰ともいえるほど敏感になっていた。とくに、勝気な母はよくきつい折檻をした。もともと栄は感受性が豊かで読書を好み内気な性質をもっていたが、その性質が栄の吃りを促進し、母の折檻がさらに栄を神経質にしていたとみられる。栄は自分の吃りを振り払おうとしてエネルギッシュに外向するようになり、柔道・撃剣・棒術も習い、一五歳ごろには上級生と争ってしばしば制裁をうけつつ、喧嘩に明け暮れるようにもなった。そのなかで一六歳ごろには服従が強いられる軍人生活に疑問を抱くようになり、憂鬱と凶暴の状態を繰り返す。同級生との格闘がきっかけで退校処分を受けて上京した後、いくつかの学校や教会に行き、一八歳には東京外国語学校仏文科に入学する。

(2) 辻潤

辻潤（本名は潤平）は明治一七（一八八四）年、東京の浅草の向柳原町にあった祖父の隠居所で、辻六次郎、美津の長男として生まれた。のちに弟と妹がひとりずつ生まれる。[12]

辻家は幕臣であった。とはいえ古くからの幕臣ではなく、本業の札差の莫大な儲けをとおして徳川臣下の末端の身分を手に入れたとみられている。辻家の本宅は大東区の蔵前にあった。蔵前一帯の札差たちの贅沢な暮らしぶりや生活感覚を俗に「蔵前風」といった。潤の祖父がそうだったように、茶人や風流人というのが札差の生活スタイルだった。むろん徳川政権と武士階級の消滅によって札差も消えてしまうが、それでも辻家には相当の財産が残っており、使用人も二〇人ほどいた。中庭には三階建ての土蔵もあった。先行きを深刻には考えずにその日暮らしを優先する元・札差も蔵前には多かった。神経質で坊ちゃん育ちの潤も甘やかされながら読書や音楽を好み、将来は茶人か風流人として生きていくつもりだった。四歳のときに浅草の柳北女学校付属幼稚園、六歳のときに浅草の育英小学校に入る。

先行きの不安を考えずにその日を浪費的にやり過ごす先頭に立っていたのは母・美津だった。札差の娘としては歌舞音曲に身を入れることが義務でもあった。美津は会津藩の江戸詰め武士の娘であったが、辻家の養女になり、埼玉の豪農の息子だった六次郎を婿にとって潤たちを生んだ。気風のいい母は、長唄を得意とし三味線も弾いた。九歳ごろからの尺八など、辻の音楽への強い関心は母の影響による。

父・六次郎はもと幕臣の下級官吏であったが、その職を辞めた後は札差のころに集めていた美術品をもとに骨董商をはじめる。だが急激なインフレ状況の明治二八〜二九（一八九五〜九六）年ごろには急速に没落していき、かなりの借金を抱えて家庭は逼迫、破産の憂きめにあう。潤も神田の共立学校（のち開成中学）に入学して英語をはじめとする学業の成績はよかったが、自身の気質や学内の雰囲気も手伝ったとはいえ、経済的な問題は大きく二年だけで退学してしまう。英語学習のかたわら、一七歳ごろから家族を養うべく小学校や私塾や夜間学校で働くようになる。骨董商に失敗してからの父は意気消沈して生活苦におびえながらおずおずと暮らしていたが、明治四三（一九一〇）年には狂死、もしくは井戸へ飛び込み自殺したとみられている。潤は家庭の経済的没落を多感な少年期以降に味わったことで無気力な内向的心理をもつようになった。

(3)　正宗白鳥

正宗白鳥（本名は忠夫）は明治一二（一八七九）年、瀬戸内海に面した半農半漁村である岡山県和気郡穂波村にあった正宗家で、正宗浦二、美禰の長男として生まれた。良い状態の生誕ではなかったらしく、胎盤を被って生まれたために産声が立てられず、近所の老女がそれに気づいて袋状の胎盤を剥いだという。白鳥における生来の癇症や不眠症や恐怖を強く感じる内向性などが、このことと大きく関わっているとみる評者もいる。[13]

正宗家は実子がなかったために、白鳥の生誕までは三代にわたって養子でつないでいた。白鳥が誕生したのち、浦二と美禰のあいだでは男六人女三人のきょうだいが生まれる（うち男児一人は夭逝)。育児で忙しい母とは隔たりがあったが、武家である岡田家から嫁いだ祖母・得が家をとりしきり、自分に子どもがないかわりに白鳥を溺愛して育てあげた。ようやく誕生した実子の長男である白鳥はかなり過保護気味に育てられた。

正宗家は備前穂波に三百年余も続いた裕福な旧家であり、岡山ことばで「分限者」と呼ばれた。地主でもあり、小作米が相当に入ってきたので食糧にも困らなかった。正宗家の安定した収入は小作料と地域一の網元としての賃貸料と製薬であった。幕末には資産が上昇の道をたどり、その財産を背景として白鳥の養祖父は国学者としても生涯を送ることができ、家には古書類も多くあった。とはいえ正宗家は豪奢に遊ぶ家ではなく質実であった。父は村人の信望を集めており、のちに村長になったり和気銀行の取締役に任ぜられたりした。父はまた学校教員でもあり、白鳥に漢文教育を厳しく施した。白鳥の母は讃岐多度津藩公の漢籍の師である岡田家の次女であった。白鳥は幅広い読書と知的探求をおこなっていくが、学芸のたしなみは正宗家のなかで根を下ろしていたのである。一三歳ごろから閑谷黌で学び、一五歳ごろには岡山の薇陽学院(元・岡山英語学校)で宣教師から英語を学ぶ。

すでに明治一〇(一八七七)年の西南戦争以後、養祖父はその身持ちの悪さのために地所や家屋などの財産すべてを折半して正宗家から離縁されていた。不換紙幣の乱発による全国的なインフレのせいでその後の正宗家の財政も下降線をたどった。正宗家の当時の財産は田舎の土地や山に過ぎず、一時期は借金も抱えていたという。白鳥誕生後の明治一四(一八八二)年以降には、紙幣整理と松方デフレ財政によって——むろん貧窮とはほど遠く父による立て直しもあったが――正宗家の財政は往年に比べてかなり衰えたといってよい。

以上、三人の出身階層と社会的位置の出発点を描出した。これらは文学的感性が育ってゆく心理的な出発点ともなっている。

なるほど、問題を安直に階級や性格へ還元していくような判断や、地域差をまったく無視したイエ制度への言及などは慎むべきではある。三人の具体的な家族事情も異なっている。だがそうはいっても、比較的近い時期にこれら三人が「学芸や知識に強い関心を抱いた家で、幼少期からその恩恵も受けつつその特殊事情のもとで神経質な内向性を養いながらも、豊かだった状態から近代化の進展のために経済的に没落する危機を感じる家庭に育った、語学にきわめて強い、家督を継ぐ位置にある長子の男性」という共通性のもとで幼年期・少年期を送ったことは注目されてよい。それは、前近代を抱えながら後発的かつ急速的におこなわれた近代化の問題を、危機感でもって直接的に受けとめざるをえない社会的位置だったといえるからだ。この三人の危機感をもった受けとめは、彼らの「近代的自我」への批判的・懐疑的・否定的な内的実践につながっている。

註

（1）柳父章『翻訳語成立事情』（岩波新書、一九八二）、五七頁。船山信一『大正哲学史研究』（法律文化社、一九六五）、二五頁。

（2）鶴見俊輔「大正期の文化」『岩波講座　日本歴史19　現代2』（岩波書店、一九六五）、二九四頁。

（3）Jansen, B. Marius (ed.), 1965, *Changing Japanese Attitudes Toward Modernization*, Princeton Univrsity Press.（＝一九六八、細谷千博編訳『日本における近代化の問題』岩波書店）、訳書三八二頁。

（4）日比嘉高『〈自己表象〉の文学史――自分を書く小説の登場』（翰林書房、二〇〇二）、九頁、九二頁。一人称による自己表象の文学が出現する背景的要因としては、日記の一般的普及などもあげられよう。

（5）宇野浩二「「私小説」私見」『日本近代文学大系58　近代評論集Ⅱ』（角川書店、一九七二）、四二〇―四二一頁。

（6）久米正雄「「私」小説と「心境」小説」『日本近代文学大系58　近代評論集Ⅱ』（角川書店、一九七二）、四一七頁。

（7）以下の説明・引用は次の文献を参照。小田切秀雄『文学概論』（勁草書房、一九七二）、八八―九四頁。

（8）イ・ヨンスク『「国語」という思想――近代日本の言語認識』（岩波現代文庫、二〇一二）、三〇―三一頁。

（9）山口直孝『「私」を語る小説の誕生――近松秋江・志賀直哉の出発期』（翰林書房、二〇一一）、三〇頁。

（10）池田恵美子「「風俗壊乱」の女たち――発禁に抗して」米田佐代子・池田恵美子編『『青鞜』を学ぶ人のために』（世界思想社、一九九九）、一八三―二〇五頁。

Rubin, Jay, 1984, *Injurious to Public Morals: Writers and the Meiji State*, Univrsity of

Washington Press.（＝二〇一一、今井泰子・大木俊夫・木股知史・河野賢司・鈴木美津子訳『風俗壊乱――明治国家と文芸の検閲』世織書房）、訳書三一一七頁、四四九―四七一頁。

（11）以下は次の文献を参照。大沢正道『大杉栄研究』（法政大学出版局、一九七一）、一〇一一六頁。飛矢崎雅也『大杉榮の思想形成と「個人主義」』（東信堂、二〇〇五）、一三一二四頁。

（12）以下は次の文献を参照。玉川信明『日本アウトロー烈傳1　放浪のダダイスト辻潤――俺は真性唯一者である』（社会評論社、二〇〇五）、一五―三九頁。高野澄『風狂のひと辻潤――尺八と宇宙の音とダダの海』（人文書館、二〇〇六）、一七―三〇頁。

（13）以下は次の文献を参照。磯佳和『伝記考証　若き日の正宗白鳥――岡山編』（三弥井書店、一九九八）、一五―四五頁。大嶋仁『ミネルヴァ日本評伝選　正宗白鳥』（ミネルヴァ書房、二〇〇四）、二一一六一頁。

大杉栄

III

大杉栄の「脱・自分」

本章から具体的事例の考察に入ろう。大杉栄（一八八五―一九二三）は、大正期を代表する作家・アナーキストだ。学校でのフランス語や英語のみならず、獄中でエスペラント語・イタリア語・ドイツ語・ロシア語・スペイン語までものにする語学の達人、穏健派社会主義者の会に「無政府共産」などの旗を掲げて乱入して警官隊ともみあい検挙・逮捕された赤旗《せっき》事件（明治四一年）、妻・堀保子や恋人・伊藤野枝がいる多角恋愛のなかで神近市子に刺された葉山日陰茶屋事件（大正五年）、関東大震災のときに伊藤らとともに虐殺された最期など、そのエネルギッシュなイメージと多くのエピソードには枚挙に暇がない。代表作に『日本脱出記』『自叙伝』がある。

大杉が独自の自我論を展開したのは大正前期だ。本格的な思想活動は大正元（一九一二）年に荒畑寒村とともに創刊した雑誌『近代思想』に始まる。『近代思想』は二年足らずで自主廃刊したが、二人は社会との接点をより積極的に求めて、大正三（一九一四）年に月刊『平民新聞』を創刊する。

一、「脱・自分」の言説

自分自身にたいする反逆

大杉の「脱・自分」は「自分自身にたいする反逆」という観念的思考のかたちをとる。反逆は「征服の事実」を撃つ。「征服の事実」とはあからさまな征服関係ではなく、権利や義務や平等にもとづく社会制度によって漸次的に成立してきた、征服者と被征服者の皮相的調和を指す。[1] たとえば、「奴隷根性論」（大正二年）で大杉は次のように述べる。[2]

政府の形式を変えたり、憲法の条文を改めたりするのは、何でもない仕事である。けれども過去数万年あるいは数十万年の間、われわれ人類の脳髄に刻み込まれたこの奴隷根性を消し去らしめることは、なかなかに容易な事業じゃない。けれども真にわれわれが自由人たらんがためには、どうしてもこの事業は完成しなければならぬ。

皮相的調和の代償として、征服者が被征服者に植えつけてきたものが「奴隷根性」だ。そのため大杉は、「われわれの要求する文芸は、かの事実（＝征服の事実：引用者注）に対する憎悪美と叛逆美との創造的文芸である」と、被征服者の反逆的態度を称揚する。[3]「新事実の獲得」（大正四年）では、次のようにも述べる。[4]

僕はまず、僕自身の生活を障礙するいっさいのものを、僕自身の中に、および僕の社会的周囲の中に、極力破壊せねばならぬ。

僕の生活の経験は、そして僕の社会学的知識は、これら障礙の大部分が、現在の社会組織に起因する事を教える。そしてその僕自身の中にあるものも、大部分はこの社会組織の反影に過ぎないことを教える。

こうした「自分自身にたいする反逆」という態度は、大杉が依拠したアナーキズムの理論的帰結だ。アナーキズムが撃つべき社会の影響力は、現実の社会生活を営む諸個人にも及んでいるからだ。代表的アナーキストのM・バクーニンは『神と国家』（一九〇〇年）で「自分のうえに及ぼされる、社会の自然的影響力に反逆するために、人間は、少なくとも部分的には、自分自身に対して反逆しなければならない」とみた。[5]

大杉の分析的態度

しかし、大杉のとったスタイルはバクーニンのものと大きく異なる。バクーニンは反逆的自由以外のあらゆる目的を無視した。また、民衆の本能に「深刻かつ情熱的な、いわば宗教的な信仰」としてのアナーキスト的理想があると素朴に信じた。[6]これに対して、大杉は人間の態度を批判的に捉え、「自分自身にたいする反逆」を知性的・分析的なスタイルでうちだした。[7]とくに「自我の棄脱」（大正四年）では、徹底した思考とその論理的帰結が明確に示される。

　われわれが自分の自我――自分の思想、感情、もしくは本能――だと思っている大部分は、実に飛《ママ》んでもない他人の自我である。他人が無意識的にもしくは意識的に、われわれの上に強制した他人の自我である。

百合の皮をむく。むいてもむいても皮がある。遂に最後の皮をむくと百合そのものは何にもなくなる。

われわれもまた、われわれの自我の皮を、棄脱して行かなくてはならぬ。ついにわれわれの自我そのものの何にもなくなるまで、その皮を一枚一枚棄脱して行かなくてはならぬ。このゼロに達した時に、そしてそこからさらに新しく出発した時に、始めてわれわれの自我は、皮でない実ばかりの本当の生長を遂げて行く。……

かくしてわれわれは、われわれの生理状態から心理状態に至るすべての上に、われわれがわれわれ自身だと思っているすべての上に、さらに厳密な、ことに社会学的の、分析と解剖とを加えなくてはならぬ。そしていわゆる自我の皮を、自我そのものがゼロに帰するまで、一枚一枚棄脱して行かなくてはならぬ。

この「自我の棄脱」には、大杉が影響を受けたH・ベルクソンの哲学の「生の飛躍」論が色濃くあらわれている。だが丁寧に見れば、大杉はそっくりそのままベルクソン的な思考をなぞっているわけでもない。一般に、ベルクソン的な思考は内的直観を重視する。それに対して、「われわれ自身」への厳密な社会学的「分析と解剖」という視点は大杉の独創だ[8]。大杉の「自分自身にたいする、分析的な思考による反逆」という原理がここに確認できる。

こうした分析的態度は、アナーキストで地理学者でもあったP・A・クロポトキンの科学的態度からの影響が大きい。大杉からすれば、クロポトキンは「一方には自然科学の帰納的方法をそのまま社会科学の上に適用せんとし、他の一方にはかくして自然科学の傾向と社会科学の傾向との上に一致を求めて、そこにその一大世界観を建てようとした」人物だった。[9] ただしクロポトキンには、バクーニンのような「自分自身にたいする反逆」という視点がない。日本のアナーキズムでは気質的にバクーニンを採りつつ理論的にクロポトキンを採るという風潮があったが、両者を重ねていく発想をもちえたのは大杉だけだった。[10]

大杉の「脱・自分」

これらをふまえ、注目したいのは次の二点だ。まずは、先にみた「自我そのものがゼロに帰するまで」という言表である。大杉のテクストには「皮としての自我」を徹底的に「ゼロに帰するまで」棄脱していく、「脱・自分」の発想が示されている。[11] つぎに、感情さえもが分析・反逆の対象とされることだ。同じく「自我の棄脱」から引用する。

> 思想はわれわれの後天的所得である。しかし感情はわれわれの先天的所得である。そこでわれわれは、われわれの思想の上には比較的容易に批判を加え得るのであるが、しかしわれわれの感情の上にはほとんど常に盲目である。感情の大部分は、ほとんど本能的のものと見做されて、至上の権威をもつもののごとく取扱われる。また多くの思想は常にこの感情を基礎として築き上げられる。かくして感情は、自我の皮の中の、とかく《ママ》にもっとも頑強なものとなりやすい。……

感情とはきわめて縁の近いわれわれの気質も、多くの場合に、この征服の事実によってはなはだしく影響されている。

ここに示されるのは、存在や思想の拠りどころとなる感情や気質さえも分析的に批判対象とする態度だ。この大杉の態度や発想は一貫していた。七年後のテクストでも、作りかえることが可能な「理論」と容易に作りかえられない人間の「気分」とを対比しつつ、「気分については十分な解剖をして見る必要がある」と述べている。(12)つまり大杉の「脱・自分」は、分析的思考によって知識や思想や感情を含めた自分自身のすべてにたいして徹底的に反逆し、それらを棄脱していこうとする観念的態度である。

二、思想的契機と独自性

大杉の主張は、しばしばアナーキズムと生の思想との合流だと理解されてきた。

アナーキズム

アナーキズムの基本原理は「個人の絶対的自由」にある。この原理を徹底したバクーニンは、史的唯物論に影響を受けつつも、歴史形成における個人的反逆者の役割を力説した。社会学者のK・マンハイムは、近代ではこのバクーニン式のアナーキズムのうちに至福千年説的なユートピア意識の態度がもっともよく生きのびているとみた。[13]マンハイムのいうユートピア意識とは「まわりの「存在」と一致していない意識」（傍点は訳文のもの）である。その意識の方向づけが行動に移されると、現存の存在秩序は部分的もしくは全体的に破壊される。その破壊的で過激なアナーキズムの思想は、至福千年説の爆発的エネルギーをもつ。至福千年説の意識はただ唐突な瞬間、充実した今だけを知っている。この意識は、圧迫された階層の革命的熱情と強い期待とから生まれて、直接的現在を主張するわけだ。

このようにアナーキズムの特性の一つは、個人の主意主義的自由の徹底による、直接的現在における爆発的・破壊的なエネルギー表出の主張だ。大杉の反逆的・脱却的志向もこのアイデアの延長線上にある。

生の思想

一般に大杉は生を礼讃する思想家としても知られる。フランス文学研究の多田道太郎による「生と反逆の思想家　大杉栄」（一九八四年）は、この認識をもっとも明快に示したものだ。[14]多田は大杉の『自叙伝』（大正一二年）を評し、「ここに記録されているものが「個人」であり「自我」である。抽象していえば「生」である。……近代日本文学はこれほどの強烈な個我の主張をかつて持ったことはなかった」という。そして個人を超えた「もっと深い大きなあるもの」という根源的な生や自由を論じる。

大杉のいう「もっと深いあるもの」とはそのような「自我の棄脱」ののち、やっと現れてくる何ものか、なのだ。

大杉を知ることは、おそらく大杉の文章の背後にある何ものかを読みとることである。文章の背後にある生命の意志、自由の感情を読みとることである。

こうした理解にもとづけば、深くて大いなる根源的な「生命の意思」「自由の感情」にふれることこそが個人的主体にとって重要となる。

大杉の独自性——感情の棄脱

以上のように、アナーキズムと生の思想の合流点は、直接的現在における生命エネルギーの強い心的実感をめざすところにある。この従来の理解だと、次のような「脱・自分」の説明が導出されよう。それは、現行の社会制度へ主意主義的に反逆するべく、瞬間的現在において爆発的なエネルギーをもち、大いなる「生命の意志」「自由の感情」といった超越的なものを実感することをめざして個人的主体が自我の棄脱を欲望する、という説明だ。

大杉は徹底的な主意主義的自由による生を礼讃した。とともに、個人の自由がそう単純にはもちあげられるものでないことも理解していた。だとすれば、社会的現実への強烈な抵抗拠点として没頭的自由の生をうちだす必要性を大杉が強く感じていた、という解釈が妥当となる。[15] 社会的現実によって構成された自分自身を反逆対象とする発想も理解される。

とはいえ、まだ問題が残る。自身の拠りどころとなる感情をも分析的思考によって徹底的に「ゼロに帰するまで」棄脱すべき対象にする、という観念的な態度こそが大杉の独自性だった。この態度は感情を立脚点や目標として位置づけるアナーキズムとも生の思想とも異なる。「自由の感情」は実感・追求するべき目標であるにもかかわらず、奇妙なことに大杉の「脱・自分」では感情が棄脱対象となっているのだ。

大杉の「脱・自分」には、従来の理解からは説明できない独自の発想がある。この発想の思想的契機を明らかにする必要がある。

三、感情観念の分節化

生物学の理解と社会的感情

大杉は生物学に関心をもつ進化論者だった。Ch・R・ダーウィン『種の起源』やJ・H・ファーブル『昆虫記』第一巻を翻訳し、生物学に関する評論も残している。動物学者の丘浅次郎による『進化論講話』を明治三〇年代後半の二〇歳ごろに夢中になって読んだという。(16)

丘の『進化論講話』は日本最初の進化論の概説書であり、当時のベストセラーにもなった。明治一〇年代の東京帝国大学でのE・モースによる進化論の本格的紹介やE・フェノロサの講義いらい、外山正一らのスペンサー主義のもとで生物学と社会学はセットになり、明治前中期には進化論そのものが最新の科学的真理として注目されていた。日本で進化論がそう抵抗なく受け入れられたのはよく知られているが、鹿鳴館時代だったこともあって、政府側も意外なほど生物学の振興に力を注ぐ。丘は『近世生理学教科書』（明治三一年）や『近世動物学教科書』（明治三二年）といった教科書も多数著し、それらが広く利用された。明治期は生物学の時代でもあった。[17]

だが、大杉は人間社会へ単純な生存競争観をあてはめるのを拒否した。ダーウィンによる生存競争の学説が資本家の心理状態と類似しているとみて、それが当時の工業状態にもっとも都合のよかったのだと看破した。そして、社会的精神による相互扶助性の原理を進化要因として重視・称揚する。[18]

クロポトキンは相互扶助性にもとづく生物社会の調和的側面を論じた。大杉の『クロポトキン研究』（大正九年）では、「蟻の社会生活をもって、クロポトキンの著書に記された動物界の相互扶助を代表させると同時に、さらに読者諸君とともに、われわれ自身の生活している人類社会の生活を反省したい」と述べられる。大杉は、生物界の相互扶助的な社会生活の考察をつうじて人類の社会的生活を考察するというアイデアを、クロポトキンの著作から受けとった。

愛や同情や犠牲は、確かに道徳的感情の向上的進化における、重要な要素であるに相違ない。けれども社会が動物や人類の間に成立する基礎は、決して愛でもなくまた同情でもない。これはさらにそれらの感情の奥底に、きわめて長い進化の行程を経て、動物と人間との裡に静かに発達して来たある本能である。……社会心もしくは道徳の基礎は、相互扶助が各人に与える力の無意識的承認である。……この広いかつ必然の基礎の上に、さらに高尚な道徳的感情が発達する。

大杉は「社会心」や「道徳的感情」も歴史的にかつ相互扶助的に人類が発達させてきたとみる。ここで「ある本能」と呼ばれるものは、たしかにベルクソンやバクーニンの主張を思い起こさせはする。しかし、ここで大杉はそうした主張を想定していない。クロポトキンの議論に従い、「十八世紀の唯物論者すらもなおその概念に囚われていた、いわゆる人間の霊魂なるものも、孤立した特別の存在物ではなく、要するにはなはだ複雑した、すなわち各自が別々に自治し独立しつつ、自由な行動をとっている諸種の官能の群体である」と、霊魂でさえもあくまで生物学的な知覚の総合態だと認識するのだ。

大杉によれば、人類の社会生活において発達してきた「社会心」「道徳的感情」などの感情は「社会的習慣の神髄」であり「過去からの遺伝」であり、「人類のいっさいの進歩はそれにもとづいている」。相互扶助性の直接の現れとはいえない羞恥の感情や性的道徳の感情なども、大杉は社会制度による歴史的・社会的構成物だとみた。プラグマティズム哲学での知性／感情という対立軸についても、「それは精神界というよりもむしろ社会界における真実を求めるために、いわゆる科学的方法の訂正として現れたものだ」とみた。大杉は感情を社会的なものと捉える思考を確実に自分のものにしていた。

そのように把握された感情を「社会的感情」と呼んでおこう。この把握によって次の「社会的階級の定心」という語の意味も意図も明らかになる。

科学者や哲学者もまたわれわれと同じ人間であって、その属する社会的階級の定心を持っている。彼等の多くは少なくとも有閑階級に属しまた直接間接に権力階級に附随している。社会が利害のまったく相反する征服階級と被征服階級との両極に分離し、学者がその隷属する征服階級の定心を持っている時、そのいわゆる社会的真実が多くの場合において被征服階級の生活事実に適合しないことは言うまでもない。

以上のように、大杉は社会的感情という観念をおもにクロポトキンの思想に拠って析出し、自身の反逆思想にとりこんでいた。社会的感情の認識において大杉の生物学的進化論と社会革命思想がつながる。この社会的感情こそが棄脱対象としての感情だ。

個体の超越と生命感情

前節でみたように、大杉は深くて大いなる「生命の意思」「自由の感情」を目標とした。次にこれを考えよう。

大杉は「生物学から観た個性の完成」（大正六年）において、個体の最高概念である「完全個体」の特性とは、完全な内的調和と物質や時間からの完全な独立とをもつはずの、「ちょっとわれわれの感覚には分らん」観念的かつ超越的なものであり、「個体の諸特性を無限に向上させたもの」だという。[19] そうした「完全個体」をも超えた、「実質を超越しているばかりでなく、さらにこの実質とまったく縁を断った人格があってもいい訳けだ。古来神学者や神秘論者は、あるいはその仮定しあるいはその感得した、この『からだのない霊』のことを語っている」とも述べる。それは「実質のない、自由な、無碍無障の個性」をもつ、生物学的個体を超越した存在だ。それは人類の理知を超える創造的進化を遂げた、「真我」という状態でもある。その対立項として、「仮我」という実質的な個体としての状態も把握される。

したがって、「真我」は観念的に捉えられる状態であるのに対し、人類社会が歴史において内在的に発達させてきた社会的感情全般は、現実的・実質的な個体としての「仮我」すなわち「殻としての自我」によって担われていることになる。社会的感情をも棄脱して到達するはずの「生命の意志」「自由の感情」は、「実質のない、自由な、無碍無障の個性」をもつ超越的なものだ。それは生物学的個体も現実的な社会も超越した状態である。だとすれば、生物的個体に発達してきた社会的感情とは異なる、別の感情観念の理解が大杉にあったことになる。そうした大いなる「生命の意思」「自由の感情」を、先ほどの社会的感情とは区別して「生命感情」と呼んでおこう。大杉の言説において棄脱すべき感情は社会的感情に限定される。「社会的階級の定心」にまとわれた個人は、そのままでは生命感情にいたらないわけだ。

大杉の独自性と「脱・自分」

以上のように、大杉の言説では社会的感情／生命感情というかたちで、感情観念が独自に分節化されていた。前者は生物的個体の日常的な状態として歴史的・社会的に分けもたれてきたものである。それに対し、後者は日常的な状態のままでは到達しえない。大杉のテクストで感情についての言表が交錯しているようにみえる要因は、超越的な生命感情と現実的な社会的感情という異なるものを同じ「感情」という語で表したことだった。

大杉の「脱・自分」とは、個体を超越した観念的にのみ捉えられる状態（＝「真我」）にもつうじた生命感情に触れるべく、個人的主体が反逆的な分析的思考によって社会的感情をも含めた「殻としての自我」（＝「仮我」、現在の自分）を徹底的に棄脱していこうとする観念的態度だ、と説明できよう。

四、明治期・大正前期における統合的・統制的な「適応」

独自性をもつ大杉の「脱・自分」も、特定の歴史的・社会的・文化的状況のもとで生じた一つの反応だ。少々長くはなるけれども、本節と次節では明治期から大正前中期までの「適応」（本節）と「超越」（次節）という二つの社会的傾向を確認しつつ、そこへ知識人層の動向を関連づけていきたい。

国民統合と「適応」

近代以降の社会では、大家族や村落といった従来の統合的な機能をもつ諸制度が弱体化することで、新しいかたちでの統合的機能が必要となった。新しい統合的制度には、社会の中心的価値を形成しつつ、そこに人びとを方向づける役割が要求される。西洋列強諸国がもたらす国際的緊張のもと、国家体制をはじめとした西洋近代的価値への「適応」が採用され、それまでの秩序を新しく再編制して社会の成員に組み込もうとした。

周知のとおり、すでに機能していた官僚秩序に絶対的な法的根拠を与えるかたちで明治二二（一八八九）年に大日本帝国憲法が制定され、日本は外面としては近代的立憲国家という形態を整えた。その翌年には憲法を補うかたちで教育勅語が発布され、国家神道と結びついた国民道徳が義務教育をとおして強制される。明治期をとおして国内（アイヌ・琉球など）および国外（台湾・朝鮮・南満州など）への植民地統治的な帝国主義政策も進む。国民意識は明治二〇年代のうちに急激に高まり、若い知識人層にも強い影響を及ぼした。機械制工場生産システムによる綿糸紡績業が中軸となり、日本の産業革命も進展する。政治による社会的コントロールもむろん完全だったわけではないが、こうした流れのなか、時間・空間の再編的秩序化としての国民統合も成り立っていく。[20]

時間的秩序の統制とは、たとえば次のようなものだ。[21] 明治五（一八七二）年一二月に太陰暦を廃止して太陽暦に切り替えて全国一律の定時法とした。その主眼は民間信仰を否定し、人工的時間の秩序に従うことが日常倫理だと啓蒙することにあった。定時法の普及、標準時の設定、定時運行の実現に向けた鉄道当局のとりくみなどにより、日清・日露戦間期までに日本の近代的時間意識は形成されていく。とくに産業化・時間的秩序の統制・鉄道という三つの関連は重要で、鉄道の発達は諸産業を刺激しつつ人間やモノの迅速な移動を可能にし、工業化・都市化を促進する条件を作りだすことに成功した。また、時間の規律に服した最初の労働者群を作りだすことにも成功した。

空間的秩序の統制とは、たとえば次のようなものだ。明治前期から電信線・電話線は人民統制のためにすさまじいスピードで敷設され、明治二一(一八八八)年には警察の統一的連絡までが可能になった。そのころから、工場をはじめとする労働の場の標準化が、身分意識の平等化と生活の平準化とともに進んでいく。大正時代は第一次産業就業者の比率が半数以上だったが、一方では工場地帯も作られていき、生活条件を共有する人口集積地域もその近辺にできあがる。第一次大戦ごろから人口の都市集中も進む。産業化・工業化による大量生産・大量消費の到来は、企業の管理システムの発展も促した。

貨幣経済の変容を空間的秩序の再編制という点からみれば、次のこともいえる。(22) 明治維新期は、過渡的な役割を果たした太政官札や近世期における諸藩や諸地域の旧貨幣なども含め、多種多様な貨幣が並存していた。明治四(一八七一)年に金本位制度のもとで新貨条例が公布され、明治七〜八(一八七四〜七五)年ごろには新紙幣が普及し、天保年間(一八三三〜四〇年)以来有力だった「円」の貨幣体系が全国の諸地域でも定着しはじめる。明治一五(一八八二)年には日本銀行も開業し、その三年後には一円銀貨と兌換される銀行券も発行された。こうして、国内の計算単位を再編制的に統一して貨幣発行や流通範囲を一元的に管理するという近代的統一貨幣制度が、西南戦争後の財政的対策である松方デフレが収束した明治一八（一八八五）年までには本格的に確立していった。このことで、日本という空間が初めて経済的主体としての統一的地域となった。

　時間や空間だけでなく、諸個人の価値や身体の均質化・平準化・規律化の面でも、国民統合は進んだ。明治前期の学校制度の整備や明治中期の民法制定のみならず、諸個人の身体技法を近代的かつ規律的に再編制することをねらった違式詿違条例や徴兵令の布告・改正、近世期以来の士族身分の解体といった諸政策、言文一致をはじめとした近代日本語や国語理念の制度的誕生などはよく知られる。ここでは別の例をとおして確認しよう。

　まずは活字メディアの普及だ。[23] すでに明治一〇（一八七七）年には『読売』『東京絵入』『かなよみ』という三大小《こ》新聞の発行部数が年間一千万部を突破し、知識人層向けの『東京日日』『朝野』『郵便報知』『曙』という大《おお》新聞四紙の総部数をはるかに凌駕していた。明治二〇～三〇年代には東京・大阪発行の新聞・雑誌・書籍を多くの人びとが手にするようになり、共通の均質なメディアを日常的に受容することで、全国各都市・各地域の読者が一つに結びつけられはじめる。村井弦斎の『日の出島』や尾崎紅葉の『金色夜叉』といった新聞小説の全国的な流行にみられるように、中央発行の活字メディアの愛読は伝統的・地域的要素からの精神的離脱も意味した。

　また、鉄道による移動は一般に伝統的な空間・時間を破壊するが、日本の鉄道も三等級制を導入しつつ客車に人びとを詰め込むことで、旧来の身分制度の習慣から離脱させるはたらきをもっていた。[24]駅や車内での問題行動は後々までなかなか改善されなかったものの、人びとには「公衆」として「鉄道略則」という乗車規則と「乗合」という鉄道内の人間配置とに慣れることが要求された。鉄道は都市近郊の住宅空間も再編制する。大正中後期における近郊私鉄営業線の伸長・増加などは、乗客確保のために沿線の住宅開発を進めた。

さらに、大正中期における平均的・平準的人間の成立を象徴するものとして、大正九（一九二〇）年の第一回国勢調査の成功があげられる。[25]それは平均的・平準的人間による大衆社会が日本に定着したことを、内外に宣伝するものでもあった。この「国勢調査に関する法律」は明治三五（一九〇二）年の帝国議会ですでに成立しており、明治三八（一九〇五）年に第一回施行の予定だった。それが日露戦争・内閣の更迭・第一次世界大戦などによって次々と流れてしまっていた。したがって、この国勢調査もじつは明治期国民統合政策の一つである。

このように、国家体制と産業化と国民の標準化・均質化を中心とした西洋近代的価値への「適応」によって、近代日本の社会秩序が国民統合的に成立していった。

国民統合と自我意識――明治期

こうした国民統合はどのような自我意識を成立させたのか。[26]いかなる個人も、特定の社会的母体から切り離しては自己を想像できない。自身の存在についての想像力のはたらかせかたにも、当該社会に埋め込まれて成長したことが大きく関わる。実際に、明治期の知的青年層における自我の自覚は国家の独立という意識と強く結びついていた。国家の独立こそが目的であり、自我の独立はその前提だったわけだ。

明治期における国民統合と自我意識との関係を、知的青年層の立身出世主義を例にして確認しよう。明治期の立身出世とは、まず学歴や社会的地位といった社会階層の上昇だった。のみならず、首都への「上京」という地理的移動も上昇的価値をもつ。学校制度もそれらを民衆に伝達して後押しする機能をはたす。明治後期には大きな上昇移動の機会が減少していくものの、そのかわりに小さな上昇移動が立身出世の一つとして価値をおびる。学問以外に身につけるべき内的な人格も、重要なものと理解されるようになる。日露戦争後は『成功』『渡米』などの流行雑誌とともに立身出世による「成功」がキャッチフレーズとなる一方で、それが家族や村落共同体の倫理とも積極的に結びついていく。このように、明治期には上昇的な社会的価値が人格的な意味を帯びたものとして個人的主体にとりこまれながら、エリート層や知的青年層の自我意識が国民統合に沿いつつ、形成されていった。

これらの層以外でも、同様の事態がみられる。とくに日露戦争後には、帝国主義化した国家の課題へ国民が自主的・積極的に協力する体制をつくるために、そして明治天皇の死後を想定した諸機構の制度化もみすえながら、支配層の側はさらに国民統合の関心を強めた。明治四一（一九〇八）年の戊辰詔書発布とともに展開された地方改良運動などは、地域を国家の基盤として基礎づけようとする大規模な国民教化運動だった。

しかも、これら一連の動きは上からの一方的なものではなかった。たとえば、報徳会は半官・半民の有志の教化団体として明治三八（一九〇五）年に組織され、地方改良運動の理念的規範となっていた。そうした通俗的道徳主義は民衆の自我意識形成の方向に国家的権威を与えるものとなり、社会意識の支配的潮流は国家イデオロギーと民衆イデオロギーの結合によって巨大化した。こうして日露戦争前後には一般民衆においても帝国への帰属意識が浸透していった。

国民統合と自我意識——大正前期

大正前期における自我意識の形成・発展は、大衆社会の成立と個人主義化という面から把握できる。(27) この時期の日本では資本主義化と重工業化が進展するとともに、生活面の一般的発展としての都市化が促進・拡大された。社会全体の経済活動も多様化・専門化し、サラリーマンや技師・医師・弁護士・学者・新聞記者・公務員といった知的職業従事者の新しい雇用層が急速に増大した。これは商工自営業者や大規模地主などの「旧中間層」にたいして「新中間層」と呼ばれる。新中間層の増加にともない、家庭で私的領域を無償で担当する専業主婦も増加する。第三次産業での職業の門戸が女性にも大きく開かれるようになり、「職業婦人」「オフィス・ガール」といったことばも定着する。

都市部の新中間層は、映画などの娯楽や消費の都市生活と新しい家庭生活とを求めはじめる。それは「今日は帝劇、明日は三越」といったフレーズが象徴する、消費文化的な新しい生活スタイルとなる。工場労働者や新中間層が増えるにつれ、給与所得者の世帯比率も増加する。明治二一（一八八八）年に一一％にすぎなかったそれは、大正九（一九二〇）年までには四五％にもなる。こうした給与所得者の増加は、財産所有に関した個人意識の発達や、職場と家庭の分離による個人ベースの業績志向をもたらした。

また、岩波書店（大正二年）や改造社（大正八年）をはじめとした多くの出版社も設立され、新聞広告には書籍の占める割合も増加する。電灯も一般的に普及したが、民俗研究の柳田國男が「火の分裂」と呼んだように、それは家族全員が集まるかわりにそれぞれが個人行動をとることを可能にし、読書習慣の広がりもあって「心の小座敷もまた小さく別れた」。すでに明治二〇年ごろから文学の近代化と連動して散文の享受方式がだんだんと変容しはじめていたが、個人行動としての黙読習慣の拡大は、個人意識の独立や成長の一般化とも連動した。

また大正前期における吉野作造の民本主義はよく知られるが、第一次世界大戦後になると自由主義的な政治学者の杉森孝次郎が「国家は、目下、社会の一部だ。地方単位の組合の最大型だ」とまで述べる。一部の現象ではあれ、明治期における国家と社会との関係が、大正前中期には各人の個性という考えかたを媒介にして反転してきたのだ。

このように、大正前期は大衆社会が成立するとともに個人意識が発達し、消費者としての生活意識も広がっていった。このことと呼応するように、大正前期の知識人層にとっても自我意識の発達は個性の開化・解放として捉えられた。以下、確認しておこう。(28)

大正三〜八（一九一四〜一九）年は、文壇で確固とした地位を占めた白樺派の全盛期だ。

武者小路実篤・志賀直哉・正親町公和・里見弴・有島武郎などの白樺派作家たちは、新しい世代として文壇に登場した。多くが都市の上中流階級出身であり、農村や地方における中下層階級出身の多い旧世代の文学者とは異なっていた。白樺派の文学は明治末期の社会状況への「超越」の反応も内包していたが、基本的には個性や個人の実感を重視し、自我を無限定に肯定・謳歌することから出発していた。この意味で、『白樺』は大正デモクラシーの一翼を担っている。児童文学においても、第一次大戦を契機とした中産階級の経済的余裕による子ども教育への関心の高まりを背景にしながら、明治期の巌谷小波らによる戯作風・講談調の「お伽噺」がしだいに「子供の純生」を重視する鈴木三重吉の「童話」へと移行しつつあった。

大正前期は自我についての哲学的・思想的著作が広く生み出された時期でもある。といっても実際には野村隈畔『自我の研究』(大正四年)や紀平正美『自我論』(大正五年)や朝永三十郎『近世に於ける「我」の自覚史』(大正五年)に顕著だったように、多くが観念論的教養に自足するものだった。いち早くS・キルケゴールを紹介した和辻哲郎『ゼエレン・キェルケゴオル』(大正四年)も、その思想をニヒリズムや自己関係論的な問題としてではなく、文化哲学の問題として健康的に論じた。

こうした自我意識の発展をうたう知的風潮は、当時のナショナリズムと親和的だった。そもそも国体観念が強く要請されたのは「自己解放の主体が自己限定するのは自然なこと」だという信念によるもので、この信念は大正期の知識人層や政治的エリート層にある程度まで共有されていた。ドイツ租借地だった青島の占領（大正三年）や第二次大隈重信内閣による中華民国・袁世凱政府への対華二一カ条要求（大正四年）といった権益拡大、イギリスが輸送船護衛を要請して日本海軍が地中海へ進出したことなども、こうした層の思想的動向と軌を一にしている。

以上のように、大正前期の知識人層における自我意識の形成は、おおむね都市化と消費社会化という新しい社会的秩序への「適応」だった。明治期と違って、大正前期のナショナリズムは解放的な個人的欲望をもつ消費者としての自我を形成するという精神をはらんでいた。

「近代的自我」の変容——明治期から大正前期へ

大正前期の日本社会で形成・確立されつつあった知識人層の「近代的自我」とは、右の意味での「適応」によるものだ。ナショナリズムは封建的な共同体やイエ制度のくびきから個人の自我意識を解き放ったと同時に、日本型の近代社会に合わせたかたちで再編制もしたのだ。知識人層一般の「近代的自我」のありようが、明治期における国家体制と産業化と標準化を中心とした西洋近代的な価値への「適応」にもとづくものから、大正前期における都市や資本主義社会の急速な発展をつうじた解放的な消費者としての「適応」にもとづくものへと移行したわけである。いいかえれば、国家としての政治的独立が最重要課題とされた明治期に特有の「臣民」としての自我意識から、経済的・文化的な意味も含む「国民」としての自我意識へと転化しはじめていた。こうした「近代的自我」では自己と社会を積極的に結びつけようとする意図がほとんど生じえず、社会主義者のものをのぞけば、結果的にはその大半が社会問題と隔離した自我意識におわるものだった。

五、大正前中期における「超越」

大杉の思想活動は、大正前期の歴史的・社会的・文化的状況に大きく関わる「超越」の社会的傾向のうちに位置づけられる。それは当時の社会問題を生み出すもととなった「適応」の社会的傾向への強い異議申し立てだった。社会問題の一般的認知とそれへの抵抗の多くは、明治後期からのものだ。大杉がはじめて社会問題に関心をもったのも、一七歳で上京したてだった明治三五（一九〇二）年の足尾鉱毒事件学生デモである。そのころ大杉は安いというだけの理由で『万朝報』をとった。そしてその記者だった幸徳秋水や堺利彦の言動・文章に惹かれて社会主義に向かう。(29)

社会問題と抵抗

国民統合の裏では数多くの問題が生じる。大正時代のさまざまな社会問題と抵抗運動はよく知られた事実だ。ここでは大正中期あたりまでのものにしぼって、簡単に確認しておきたい。(30)

しばしば指摘されるように、大正期には零細漁民から「洋服細民」といわれた下級役人まで、生活必需品の物価の暴騰などによる深刻な生活難が民衆を襲っている。日清戦争後の増税政策や日露戦争後に多くの農民が土地を手放したことも重なり、都市に流入した貧民層が拡大する。大正時代をつうじて、労働者や貧農を中心とした被支配階級は実数・割合ともに急激に増加した。海外植民地の獲得や関税自主権の回復（明治四四年）による軽工業・重工業の発展など、日本の資本主義の飛躍的な発展とともに日露戦争後の労働者の賃金は実質的に上昇する傾向にはあったが、それでも基本的には労働者の供給源だった農村の生活水準の低さに規定され、低水準にとどまった。大正五（一九一六）年『大阪朝日新聞』に連載された河上肇の『貧乏物語』は、社会問題としての貧乏を論じて大反響を呼び、翌年に出版されるとベストセラーになる。平時で日本人がもっとも多く死亡したのも大正七年（一九一八）年の約一四九万人、次いで大正九（一九二〇）年の約一四二万人だ。都市への人口集中によって、家屋の密集化、借地・借家問題、地価騰貴などの弊害も深刻になっていた。大正八（一九一九）年には、社会問題の研究機関として大阪に大原社会問題研究所が設立される。翌年にはキリスト教社会運動家の賀川豊彦による神戸の貧民窟での伝道をもとにした自伝的小説『死線を越えて』が出版され、ベストセラーになる。

こうした問題状況にたいして、さまざまな抵抗が生まれた。幸徳秋水や横山源之助らによる東京の下層社会のルポルタージュにより、明治三〇年代後半にはすでに貧困生活に関する社会批判の文脈が形成されていた。明治四〇（一九〇七）年には、日本最初の社会主義的な女性雑誌である『世界婦人』が創刊される。大正初期には、志賀重昂・三宅雪嶺らの政教社の機関紙『日本人』（明治二一年創刊）や言論雑誌『日本及日本人』（明治四〇年創刊）や陸羯南の新聞『日本』（明治二二年創刊）などに源流をもつ、道徳的個人主義の精神を理想化した日本主義・国民主義的な政治論が、中野正剛による発展を介在させながら、専制的な官僚的統治への批判を展開していた。

また経済的な階級格差も意識され、大正六（一九一七）年からは労働争議が増加する。翌年の労働争議件数は四〇〇件にもなり参加人数も六万人をこえる。富山県で米騒動が起き、シベリア出兵による米の売り惜しみへの反抗もあって全国的にも拡がる。また武者小路実篤が「新しき村」を起し、民本主義にたつ吉野作造・福田徳三らの黎明会、赤松克磨らの学生運動団体・新人会も結成される。尾崎行雄や犬養毅の第一次憲政擁護運動および尾崎の第三次桂太郎内閣弾劾演説「玉座をもって胸壁となし、詔勅をもって弾丸に変えて」（大正二年）や吉野の論文「憲政の本義を説いて其有終の美を済すの途を論ず」（大正五年）などはよく知られるが、そうしたデモクラシー運動の高まりとして、大正八（一九一九）年は二月に長谷川如是閑・大山郁夫らの雑誌『我等』が、四月に改造社から雑誌『改造』が、六月に黎明会同人による大鐙閣からの雑誌『解放』が、それぞれ時代の方向を示した名前をつけて創刊された。労働運動の方面では、同年一月に河上の『社会問題研究』、四月に堺・山川均らの雑誌『社会主義研究』、十月に大杉や近藤憲二らの起した労働運動社による『労働運動』などが創刊される。『社会問題研究』の第一冊は一二万部に達した。

大日本労働総同盟友愛会も組織され、陸海軍工廠や市電、紡績工場など大工場の争議を指導していた。製鋼所や造船所などでは重工業労働者を中心に賃上げ要求のストライキが頻発する。大正九（一九二〇）年の八幡製鉄所でのストライキは、大杉派の戦闘的労働者によって指導された。こうした一連の動きと「大戦ブーム」による労働市場の拡大によって、重工業部門の大企業では労使協調にもとづく労務政策が定着していく。とはいえ「大戦ブーム」後の労働市場転換の影響で重工業労働者の解雇があいついだため、大正一〇（一九二一）年には神戸の造船所などで大規模な争議も起きていく。

大正一〇（一九二一）年には小牧近江・金子洋文・今野賢三らの雑誌『種蒔く人』が、その後進として大正一三（一九二四）年にプロレタリア文学雑誌『文芸戦線』が創刊され、理論的な面から平林初之輔や青野季吉などが論陣を張った。中野正剛の弟である中野秀人はすでに大正九（一九二〇）年九月『文章世界』掲載の「第四階級の文学」で階級意識の明確化をつうじて民衆芸術論をプロレタリア文学へと接続し、平林も翌年八月『新潮』掲載の「民衆芸術の理論と実際」で民衆芸術をプロレタリア芸術と規定した。大正一二（一九二三）年には、「詩とは爆弾である！　詩人とは牢獄の固き壁と扉とに爆弾を投ずる黒き犯人である！」という宣言で有名な、萩原恭二郎・岡本潤らのアナーキズム系雑誌『赤と黒』も創刊されている。

大正九（一九二〇）年には平塚らいてうらが市川房枝らとともに新婦人協会を結成したが、翌大正一〇（一九二一）年のメーデーを控えた四月には山川菊枝・伊藤野枝・久津見房子らが社会主義の立場からの女性団体である赤瀾会を結成し、その綱領において資本の圧制への対決姿勢をうちだした。一年後に終わるとはいえ、大正九（一九二〇）年一二月には日本社会主義同盟も結成された。それは当時の社会主義者と労働組合のリーダーらによる、全国加盟者三千人にも及ぶ大団結だった。この同盟の誕生は、これまで啓蒙運動としての性格を強くもっていた社会主義運動とそれとかかわることを避けてきた労働者運動とが提携した点で、注目すべきできごとだった。またこの同盟は、江口渙・加藤一夫・小川未明・秋田雨雀・藤森成吉などの文学者たちが社会参加をおこなう初めての姿でもあった。

高等教育の普及によって知識人層が増大するにつれて、このように諸問題が発見され論じられる。メディア論者のM・マクルーハンが指摘したとおり、まさに「印刷は画一的な国民生活や、中央集権的政府を生み出したが、同時に個人主義や反政府的態度も生み出した」のだ。(31)

ところが国家権力の側も、出版物へのたび重なる発禁に加え、こうしたデモクラシー運動・労働運動へ攻撃を加えていく。米騒動は警察力の増加や陸軍の出動によって鎮圧された。大正八（一九一九）年の東京砲兵工廠でもストライキへの治安警察法の適用、釜石鉱山争議でも軍隊が出動された。東京帝国大学経済学部でおこった大正九（一九二〇）年の森戸事件なども、国家権力の介入の一つにあげられる。もう少し後になると、大正一一（一九二二）年の総選挙での政友会の大勝利では、普通選挙法の実現が期待できないと考えられるにいたる。労働運動はこれに失望し、アナルコ・サンジカリズムの議会行動否認・直接行動論へと大きく傾斜する。

社会的反応としての「超越」——生命主義思潮

こうした社会問題状況と連動しつつ、そしてその後の多様で強力な抵抗を予告・後押しするかのごとく、大正前期を中心に大杉や相馬御風・片上天弦・島村抱月・平塚らいてう・金子筑水・桂井当之助・中澤臨川といった文芸評論で活躍する文学者が、「生」「生の要求」「生命力」といったキーワードにもとづく評論や随筆、ベルクソンの生命哲学の紹介や研究などを次々と書きはじめていた。これは死や社会的不安への文学的リアクションである、生命主義の潮流だった。(32) 文学的には明治後末期の自然主義作家による現実暴露への嫌悪から現れてきた面もあるが、やはり現実的には先にみた社会問題状況にくわえ、結核やスペイン・インフルエンザのために大正前中期が高死亡率だったことも大きい。大正前期には生命の問題視される社会的素地が作られていたのである。

日本近代文学研究の鈴木貞美が明らかにしたように、生命主義思潮は近代的な物質文明を批判し、文学・思想・宗教・哲学などの諸領域にわたって精神的なものを論じる多彩なものだ。その特徴は超越的な生命観念をもつことにある。生命が「大いなる器」として把握され、あるいはそれを目的として、具体的な諸個人の生がうたわれた。文学表現では内面性の率直な吐露とともに、個人の性欲を聖なる「宇宙の意思」とする見方もでてくる。人間観と文学観と方法との統一体を文芸思潮と呼ぶならば、生命主義はまさに一つの文芸思潮だった。

大正文化の主流となった内面的な自我拡充の思想は、『白樺』の武者小路・志賀・有島らにおいても雑誌『青鞜』の平塚・保持研子・物集和子・伊藤らにおいても、大逆事件（明治四三年五月）以後の厳しい弾圧政策にたいする強力な反応として生まれた。こうした文芸運動は、木下杢太郎・北原白秋・高村光太郎といった芸術家が集まった「パンの会」の反自然主義的志向（出発は明治四一年だが、明治四三年一一月に大会がおこなわれている）などとともに、まさに「時代閉塞の現状」での抵抗的反応だった。

当時の諸反応が内面性を基礎としていたことは、たとえば明治四四（一九一一）年創刊の『青鞜』における平塚「原始女性は太陽であつた」での「精神集注」「潜める天才」「内なる自然」の強調などに顕著である。また、キリスト教の影響を受けて新仏教を提唱した高島米峰の『噴火口』（大正二年）も、その宣伝文句で「著者心内に鬱憤する熱火今や轟然として爆発しこゝに礫となり砂となり灰となりて四方に飛散す」という凄まじい表現をしていた。辻潤の古い学友で性問題研究家・小倉清三郎も、自己のセクシュアリティを内省と自他観察で探究する相対会を主宰し、妻のミチヨとともに研究録『相対』を発刊していた。平塚や伊藤も会員だった。さらに、萩原朔太郎と室生犀星が大正五（一九一六）年に創刊した雑誌の表題に『感情』が選ばれ、萩原みずから「感情詩派」を名乗ったことも象徴的だ。葛西善蔵・広津和郎ら私小説作家の牙城となった雑誌『奇蹟』（大正元年創刊）も、心情に執着して内的現実を描くことで、自然主義文学の現実的な平板さをくぐり抜けようとした。

「適応」を強く促してくる国民統合的な社会統制を「超越」していこうとする生命主義思潮は、内面性にもとづくこうした大正前期の文芸界の動向と合流した。生命哲学やベルクソン哲学の移入に熱心だった当時の中澤や生田長江らが文芸評論家としても著名だったことは、その一例である。

このように明治後末期から大正前期にかけて、国民統合的な社会統制とそれのもたらした社会問題状況にたいする大きな文化的リアクションが、心理的内面性を重視しつつ、生命という超越的観念をともなった思想潮流（＝生命主義思潮）として現れた。生の思想とアナーキズムによって労働運動を牽引した大杉はここに位置づけられる。

人格としての自我意識(1)――教養主義と生命観念

超越的な生命観念が知識人層の「近代的自我」の問題とどう結びついたかをみておこう(33)。「煩悶青年」はすでに明治三〇年代からの流行語だったが、明治後末期から大正時代には時代の矛盾に直面した知的青年層の意識が苦悶したことで「自我」「自己」の語が氾濫する。この時期は、倦怠と懐疑と煩悶をいかに超えて生きるかが真摯に問われた、いわば「超越」の時代だった。教養主義にもとづく出版物や修養読本も次々と刊行され、旧制高校生を中心に人格の陶冶・完成をテーマとした書籍が流行する。西洋の文学・思想との出会いをきっかけに、立身出世を追い求めるはずだった知的青年層はそうした「適応」にもとづく価値観に背を向け、自身の内面において煩悶した。

知的青年層の煩悶に応えるかたちで登場した「修養」は、努力して人格を向上・完成させることを道徳の中核とする精神主義的人間形成だった。明治四〇年代以降にみられる修養読本の流行は、修養主義としての人格主義といってよい。それは個人の人格を認めない古い伝統的文化にたいして革新的な機能を示すとともに、学歴エリート文化として大衆にたいしては差異化の機能もはたした。明治三〇年代の半ばごろに中等学校修身科教育の内容として姿を現した人格観念は、再帰的な自己表象の文学が定着したことや投書雑誌が煽り立てる文学への欲望や読書習慣などとあいまって、ちょうどその教育課程を経た明治四〇年代以降の知的青年層に強力な作用を及ぼした。知的青年層にみられた「自我」「自己」の語の氾濫は、この人格観念の広がりのあとを追ったものである。[34] 大正元（一九一二）年に鈴木文治によって設立された友愛会も、もとは労働者の品性向上や知識の発達をはかる修養会として発足した。

哲学者・作家の阿部次郎や倉田百三らに代表される大正期の教養主義も、こうした教育過程で形成されたものの延長にある。注目すべきは、教養主義に浸透していた理想主義的な人格観念も、大正前期から超越的な生命観念と合流していたことだ。

哲学者の西田幾多郎は、すでに明治四四（一九一一）年にベルクソンの生や直観の哲学思想とも共鳴する『善の研究』を出版していた。その言表をみるかぎり、人格とは「各人の内より直接に自発的に活動する無限の統一力」であり「直ちに宇宙統一力の発動である」ようなものであった。『自覚における直観と反省』（大正六年）では、「真の生命」は「実在の具体的全体の統一であるということができ」、「生命の発展とは具体的全体に向かって進むことである」とされる。こうした生命観念と人格観念との強力な結びつきは西田の読者層へ浸透する。実際に、大正元（一九一二）年に「生命の認識論的努力」を書いた倉田をはじめとする当時の教養主義は、西田の思想から影響をうけてそれを人生論的に解釈した。

倉田は大正五（一九一六）年に、キリスト教の影響を強く受けた生命力みなぎる戯曲『出家とその弟子』を発表する。性と道徳を結びつけた思想書として知的青年層はそれを熱狂的に愛読したというが、倉田がそれを発表したのはまさに『生命の川』という同人雑誌だった。後の大正一〇（一九二一）年になると、阿部が「人生批評としての原理としての人格主義的見地」を発表し、物質主義を批判して精神主義的な人格の発展を至上の価値とする超越的立場を表明する。阿部はその有名な『人格主義』において「人格は一つの分つべからざるもの、一つの生命を本質とするInividuum（個体）でなければならない」ものと述べる。

日本の思想界において、大正期にはベルクソンだけでなくF・ニーチェやキェルケゴールさえも生命哲学者として捉えられた。当時の知的青年層における哲学・思想の生命論的な読みかたは、このように裾野の広いものだった。

人格としての自我意識(2)——労働運動と生命観念

知識人層の自我意識は社会問題状況からも大きな影響を受けつつあった。大正前期までに形成・確立されてきた「近代的自我」は、自己と社会を隔離した自閉的なものでしかなく、社会的環境への新しい突破口が探られていた。実際に、小川未明・秋田雨雀・有島武郎・江口渙といった文学者は社会主義に関心を強めていく。

大正期の社会主義も、自由な個人の人格的価値という観念が一般化する国内状況において成立したものだ。具体的な人格としての自我の基底にも、超越的な生命観念が見出された。たとえば、賀川のキリスト教社会主義による労働運動や貧民救済事業は、労働者を一つの生命とみてその基礎を「生命＝人格」とその自由におくものだった。アナルコ・サンジカリズムの立場から賀川へ批判をあびせた大杉においても、その構想や発想に賀川とほぼ同型のものが含まれていたわけである。(35)

回収されていく「超越」

以上から、大正前期には人格としての自我意識の把握・理解に生命という理想主義的な超越的観念が大きく関わっていたことを確認できる。当時の知識人層の「近代的自我」には、理想主義的な「超越」の社会的傾向を内在化させた、いわば新時代の社会問題状況に合わせて練り直されたものもあったのだ。

先述したとおり、自我意識の発展をうたう大正前期の自我論の一般的風潮は、当時の現実主義的なナショナリズムと親和的だった。じつは超越的な理想主義も、もとは抵抗的なリアクションだったにもかかわらず、それが統一的・包括的な思想潮流のもとにあった以上、第一次大戦などを大きなきっかけとして、大正中期までには同様の帰結を数多く生む。(36)

そのことをよく象徴するのが、大正七（一九一八）年の老壮会の結成だ。満川亀太郎を世話人とするこの会には、大川周明や北一輝や権藤成卿といった右派の活動家たちと堺利彦や高畠素之といった社会主義者たちとが、状況打破という点で一致し参加した。それは国家の改造という理想主義的な社会問題の解決をはかるとともに、包括的な国体の観点を導入するものだった。政府からのものとしては、村落共同体の合理化をめざす原敬内閣による「民力涵養」政策（大正八年）があげられる。これは第一次大戦後の新しい秩序再編制を示したものだ。そのねらいは国家個性の強力化と国民各自の個性強化にもとづく、一種の社会連帯を志向した協同体制にあった。こうした事実は、米騒動による寺内正毅内閣の総辞職を契機として、原敬が山県有朋らの藩閥政治を切り崩して政党政治を編制したこととパラレルである。

　生命主義思潮の帰結もほぼ同じだった。生命が「大いなる器」として把握された点では、生命主義も統一的・包括的な性質を強力にもっていたからだ。たとえば、相馬御風による新自然主義が一つの生命主義的展開として大正前期に現れたが、それは「純なる自我の実感を絶対に尊重し信仰すること」から始まって「あらゆるものゝ個的生命に接触して活きて行くこと」を要求するという、統一的・包括的発想をもつ考えかただった。楽天的か悲観的かの差はあれ、生命主義の輸入的理解に満足できない岩野泡鳴や三井甲之らがこの時期に復古主義や伝統主義をもちだしたこともあげられよう。大正三（一九一四）年九月『文章世界』の特集「欧州大戦観」では、相馬「日本人としての感想」・岩野「戦争即文藝」・三井「欧州動乱の意義」のほかに、鈴木三重吉「愉快な戦争」・野口米次郎「双方共結構な戦争」・小川未明「少数の自我に味方せん」といった、戦争を生命現象とみる立場がうちだされた。第一次大戦前後に中澤臨川もベルクソンを援用しつつ、戦争を物質文明にたいする一つの生命現象と認識する視点を提示した。当時の生命論の多くはこのように戦争論ともつながっていた。自然主義の代表的理論家と目された島村抱月さえも、明治四〇（一九〇七）年の段階ですでに「自然といふ中に既に我れが見えざる生命となり、感情となつて合体したのである」と、新自然主義の主張としてロマン主義の影響下から統一的・包括的な生命観念を先駆的に表明していた。

また、この時期の日本仏教界では宗教が「世俗の倫理道徳を超えるもの」と認識されるようにもなっている。そうした超越的な宗教認識は、自分自身の内面を深く掘り下げることにより、その深奥において包括的な「無限者」「宇宙的な絶対者」へ出会うところに真価を見出そうとする。その源流は、明治後期における浄土真宗の清沢満之の精神主義にみることができる。西田の哲学が「宇宙」「統一力」「無限」「全体」といった語をちりばめて生命観念を記述し、それに影響を受けた阿部が生命観念を本質とする人格を「一つの分つべからざるもの」とみたことを考えれば、こうした超越的かつ包括的な思想と通底するものをみてとるのは容易だろう。(37)

さらに、農民の共同体自治への復帰を説き、茨城県常盤村に理想の農村をめざして愛郷会を設立した橘孝三郎の思想がある。愛郷会そのものは昭和四（一九二九）年に設立されたが、この思想はすでに大正前期の第一高等学校在学時に『校友会雑誌』で展開されていた。橘の農本主義とは、現実の矛盾を解消する絶対的存在をいっさいの生命を生み出す「自然の母＝

土」に求めたうえで、その「土」という絶対者との自己同一化によって自我救済が可能だと考える、精神的宗教運動だった。

以上のように、大正前中期の思想的リアクションは自我を超越した理想性を含んで展開されつつも、多くはその統一性・包括性へと結論を流し込むものであった。理想主義的な「超越」を内在化させた当時の「近代的自我」も、これに沿うものだった。個性的で多様にみえた諸思想や知識人層の「近代的自我」の多くも、実際には生命観念のもつ統一的・包括的な性質をとおしてある種の全体性に回収されてしまう。

「ひとつ」としての「近代的自我」

かなり長くなったが、前節と本節では、明治期・大正前中期の「適応」「超越」の社会的傾向を確認しつつ、知識人層の「近代的自我」のありようを追跡してきた。明治期における「近代的自我」はおおむね国家体制と産業化と標準化を中心とした、西洋近代的な価値への「適応」にもとづくものだった。いっぽう、大正前期における「近代的自我」の類型には、大きく分けて二つのものが確認できる。まずは、資本主義社会の急速な発展への「適応」にもとづくものだ。つぎに、理想主義的な「超越」を内在化させ練り直した、解放的もしくは人格主義的なものだ。

このように、知識人層における「近代的自我」のありようは時期とともに移行・変容・分岐している。だが見落としてならないのがその共通性である。それは個人的主体の精神的・

身体的な存在のありようを固定して回収するような、ある種の全体性・統一性だ。本書では議論をわかりやすくするために、それを「ひとつ」と括弧つきで表記したい。[38]「近代的自我」とは、明治期から大正前中期にかけてそのありようを変容させながら「ひとつ」のものとして形成・確立されてきた自我意識である。

六、考察

大杉の「脱・自分」がもつ特異性

以上をもとに、大杉の「脱・自分」がもつ特異性を導出できる。

大正前中期の諸思想では、諸個人の生につながっている超越性を積極的に感じとり、いかに自身の活動へと展開させるかということに焦点があてられていた。そのさい、諸個人が内面性をとおして直接的に生命観念を実感できると想定されていた。内面的な感情が、自我観念や生命観念のもつ包括的な統一的志向を介して、いわば一枚岩の連続体のように把握されたのだ。

それに対して大杉の言説では、当時の自然科学とりわけ生物学に影響を受けた分析的思考によって、歴史的・社会的構成物としての社会的感情／日常的な状態のままでは到達しえない生命感情というかたちで、感情観念が独自に分節化されていた。そして、自分自身への反逆的な「脱・自分」という過程を経なければ生命感情にたどりつけないと考えられていた。

結果として、明確に対象化しうる感情を析出し、それを含めて社会的に構成された自身の諸要素をすべて徹底的に棄脱するという自覚が生まれていた。それは、個人的主体の感情と観念的な超越性とが単純には結合しないという断絶的理解の裏返しでもある。生命観念を直接的に実感できるという自明性を、大杉は独自のかたちで相対化・問題化していたのである。

自然の理解をめぐって

この見解をもとに考察を進めてみよう。武者小路実篤による「自然」の理解と対比すれば、大杉の特異性がさらにはっきりする。ほぼ同時期に活躍し、超越的な生命・自我思想および個人主義や内向的な自己観照といった点でも、二人はかなり近い。だが武者小路は「脱・自分」の言説をもちえなかった。[39]

L・トルストイをとおしてキリスト教と神を知った武者小路は、明治四〇（一九〇七）年ごろに手にしたM・メーテルリンクの『智慧と運命』などに影響を受け、自然を尊重する自我主義を主張した。代表作『お目出たき人』（明治四四年）では、「自分は女に餓えている」と繰り返す主人公が、口を利いたこともない少女への片思いからその少女との結婚を切に希望する。同時に、その主人公は何よりも自身の自我を大切にする。ただしこの場合の自我とは、「自然の命令、自然の深い神秘な黙示」とつながった自分の運命を信じることだった。

そうした武者小路の自然とは、「全体で生きろ、／世界中調和して生きろ／人間の愛をことごとく生かして生きろ。」（／は改行）という調和的世界観だ。この自然理解は当然ながら破壊的なものとは結びつかない。武者小路における自然理解は、生命の自由な発現と衝突をおこすはずの社会秩序や国家を無視した、内部に葛藤を抱き込まない楽天的なものだった。

それに対して、大杉の場合は社会との戦いを志向しつつ、社会秩序に影響を受けた個人的主体のありかた（＝「近代的自我」）にも徹底的にメスを入れ、積極的に葛藤を抱え込もうとする。たとえば、大杉には「むだ花」（大正二年）という詩がある。[40] そこでは永久に解決のない「自然との闘い、社会との闘い、他の生との闘い」として生を描く。この詩で大杉は、生の闘いを回避した「宗教」と「芸術」を排撃する。両者が「自然力」や「社会力」に「屈服した生のあきらめ」にほかならないからだ。ここで「自然との闘い」と表現されていることに注目したい。通常の理解であれば、自然は生や生命の側にあるはずだ。武者小路の自然理解も明らかにそうである。だが大杉は、外側の社会から押しつけられたものであっても、あるいはそのなかで育まれてきたはずの自然であっても、同様に拒もうとした。

本書の見解

大杉の「脱・自分」は、自身を解決のない状態へ追いやるものにみえよう。大杉は「脱・自分」の欲望を発動し続けることで何がしたかったのか。大杉の「脱・自分」という営為は、自己であれ社会であれ自然であれ超越的なものであれ、また内的・外的を問わず、結果としては自身を「ひとつ」のありかたに回収しようとするものを撃つことに向けられていた。大杉は当時の日本社会で形成・確立されつつあった「ひとつ」としての「近代的自我」を異化し続ける、精神的格闘をおこなったのだ。

たとえ超越的な生命観念にもとづくものでも、統一的・包括的な性質は人びとの意識や価値観を「ひとつ」のありように固定化しそこに回収してしまう。当時の個人主義や個性の発現も、結局はナショナリズムの膨張的再編に即した「適応」であった。大杉は、そうした標準的な「ひとつ」への統一的・統合的志向のもとで編制され、知識人層の精神に刻印されつつあった社会適応的な「近代的自我」のありようを棄脱しようとした。そのいっぽうで、同時代の文化的リアクションとしての統一的・包括的な超越的志向のもと、そこから強い影響を受けながらも、「ひとつ」のありよう（＝新しく練り直された「近代的自我」）に完全に回収されることを、当時の生物学の知識にもとづいた社会的感情／生命感情という断絶的認識をもち続けることで拒否し続けた。この意味で大杉の反応は「超越」の変種である。これを「超越」の反応の変種だとするのは、同一化対象を具体的・実質的にもたないからだ。

個人の諸経験を支配して現実主義的な秩序を構築・編制しようとする「適応」の傾向だけではなく、個人の感性と超越的な観念との連携によって自我を統一していこうとするロマン主義的な発想も、実のところは「一枚岩の自我」という理念にもとづく。自分自身を制御や統合の及ばない流れへと開くことが経験の解放に必要だとする要請、すなわち「一枚岩の自我」という理念からの脱出要請は、二〇世紀の重要な思想的テーマだった。[41] 大杉という文学者は、当時の近代日本社会でこのテーマに直面した数少ない個人的主体である。政治思想（アナーキズム）や科学（生物学）や当時の思想潮流（生命主義思潮）といった外からの知的影響をふんだんに受けて自分の糧としつつ、「一枚岩の自我」という理念にたいして分析的思考を適用することとさらなる超越的方向を示すことによってラディカルな批判的反応をしえた、貴重な個人的主体の一人だった。

この見解が突飛ではないことを示すため、最後に例を一つあげておこう。「賭博本能論」（大正三年）で、大杉は人間や動物の「本能」のなかにみられる「賭博の心理」、すなわち生命までをも賭けて危険を冒そうとする「冒険の心理」を論じている[42]。狂熱的な力をもつこの心理をさしあたって大杉は推奨するのだが、それは「一種の生活本能」でもあり、さらに人間においては「知識本能」によって訓練された力でもある。人間は「いささかなりとも自己超越本能を満足せずに生きていられるものでない」から、その「対社会的態度は、常に隙を窺っては冒険的方面に出ようとする」のだ。その意味で、この種の冒険も「十分道徳的に構成せられた個人の、健全なる正則（ノルマル）の行為」であり、社会的な構成物である。逆にその「隙」が全くないと判断されたとき、人間のもつ自己超越本能は「ついに自己保存の本能に打克って、時として自己犠牲の行為にまで進む」。だがそれはあくまでも自己の「実り多き拡大の予想」（傍点は引用者による）であって、「自己の生の単純なる否定ではない」。

大杉は、社会的態度を超えうる「自己超越本能」が単純に生命感情へと引き寄せられるとは考えない。自己超越の傾向をもつ狂熱的な「冒険の心理」さえも社会的な構成物だと冷静に把握したうえで、それによる「自己犠牲」を超越的な生命感情への「予想」にとどまると捉える。「ひとつ」のありように回収されることが巧妙に拒まれているのだ。

以上のように、大杉は自身の思想を個や生命を重視するものとしてうちだしつつも、自分を「ひとつ」のものに回収しようとする社会的諸力とは格闘するという、きわめてアクロバティックな思想的・観念的営為をおこなっていた。

すでに論じたように、大杉の記述には表現上の混乱も多い。自身のアクロバティックな精神的格闘の意図を明確に示したテクストがあるわけでもない。だが当時の社会的傾向や思想動向やアナーキズムや生物学などをふまえて考察するかぎり、大杉の「脱・自分」の特異性は以上の点にある。むしろ大杉の論述が混乱しているようにみえるのは、明確にできあがったものを対象化したのではなく、近代日本において変容しながら出現しつつあったもの（＝「ひとつ」としての「近代的自我」）を自分なりに対象化しようとしたと同時に、自身へのその刻印については強烈に拒否しようとしていたという、きわめて複雑な事情にあったためである。

註

（1）「征服の事実」大正二年（第2巻、二四―二六頁）。以下同様に、大杉のテクストを扱うさいには、タイトルと執筆年を示したうえで、すべて日本図書センターによる復刻版である現代思潮社『大杉栄全集』（全14巻、一九九五）から引用する。

（2）「奴隷根性論」大正二年（第2巻、二〇頁）。

（3）「征服の事実」大正二年（第2巻、二八頁）。

（4）「新事実の獲得」大正四年（第2巻、九〇頁）。
（5）猪木正道・勝田吉太郎編『世界の名著53　プルードン　バクーニン　クロポトキン』（中央公論社、一九八〇）、二五三頁。
（6）勝田吉太郎『アナーキスト――ロシヤ革命の先駆』（筑摩書房、一九六六）、三九頁、四四―四五頁。
（7）「自我の棄脱」大正四年（第2巻、九四―九七頁）。
（8）大沢正道『大杉栄研究』（法政大学出版局、一九七一）、一六七―一六九頁。
（9）『クロポトキン研究』大正九年（第4巻、三六頁）。
（10）秋山清編『権力の拒絶――アナキズムの哲学』（風媒社、一九七一）、二六二頁。秋山清『大杉栄評伝』（思想の科学社、一九七六）、六四頁。
（11）「自我の棄脱」大正四年（第2巻、九五―九六頁）。
（12）「労働運動の理想主義的現実主義」大正一一年（第6巻、一四二頁）。
（13）以下の引用・説明は次の文献を参照。Mannheim, Karl, 1952, *Ideologie und Utopie*, Schulte-Bulmke Verlag Frankfurt am Main.（＝二〇〇六、高橋徹・徳永恂訳『イデオロギーとユートピア』中公クラシックス）、訳書三三九―三四〇頁、三九四頁、四一二頁。阿閉吉男編『マンハイム研究』（勁草書房、一九五八）、二三五頁。
（14）以下の引用・説明は次の文献を参照。多田道太郎編『日本の名著46　大杉栄』（中央公論社、一九八四）、八―九頁、五六頁、五九頁。
（15）生の原理にもとづく大杉の反歴史主義は主体性構築の実践のためのものだという指摘がある。梅森直之「芸術としての労働運動――大杉栄における「歴史」

の問題」『初期社会主義研究』第15号（初期社会主義研究会、二〇〇二）、五六頁を参照。

(16)「丘博士の生物学的人生社会論を論ず」初出年不詳（第4巻、一九二頁）。

(17) 丘浅次郎『進化論講話（下）』（講談社学術文庫、一九七六）、二四五頁。小泉丹『日本科学史私攷　初輯』（岩波書店、一九四三）、四九四―四九六頁。筑波常治「解説」『近代日本思想体系9　丘浅次郎集』（筑摩書房、一九七四）、四三六―四四六頁。

(18)「創造的進化――アンリ・ベルグソン論」大正二年（第4巻、一五六―一五七頁）。『クロポトキン研究』大正九年（第4巻、九〇頁）。なお以下の引用・説明は、同書四〇―四二頁、五〇頁、七一―七二頁、八八―八九頁、九七頁、および「羞恥と貞操」大正二年（第3巻、一五二頁）を参照。クロポトキン論じたいは大正中期のものだが、クロポトキンの「青年に訴う」（明治四〇年に日刊『平民新聞』連載）の翻訳もあるため、大杉はすでに明治期から大正初期にかけてその論のエッセンスをつかんだと推測される。

(19) 以下の引用・説明は、「生物学から観た個性の完成」大正六年（第4巻、一八八―一九〇頁）、および「ベルグソンとソレル」大正四年（第6巻、二六九頁）を参照。

(20) 村上泰亮『産業社会の病理』（中公叢書、一九七五）、二一―二二頁。Pyle, Kenneth B., 1969, *The New Generation in Meiji Japan: Problems of Cultural Identity, 1885-1895*, Stanford University press.（＝二〇一三、松本三之助監訳・五十嵐暁郎訳『欧化と国粋――明治新世代と日本のかたち』講談社学術文庫）、訳書一三四

頁。高村直助編『近代日本の軌跡8　産業革命』(吉川弘文館、一九九四)、三頁。明治維新の時点では八割以上が農業人口で、農村が人間形成の鋳型だったこともあり、当時解体しつつあった共同体の内部からも新たな統合を求める声が噴出していた。このことは福武直『日本社会の構造　第二版』(東京大学出版会、一九八七)、三二頁、および橋川文三『ナショナリズム――その神話と論理』(紀伊國屋書店、二〇〇五)、一二三頁を参照。

(21) 以下の時間的秩序・空間的秩序の説明は次の文献を参照。成沢光『現代日本の社会秩序――歴史的起源を求めて』(岩波書店、一九九七)、二九頁、三四頁。橋本毅彦・栗山茂久編『遅刻の誕生――近代日本における時間意識の形成』(三元社、二〇〇一)、一八頁、一一八―一一九頁。松田裕之『明治電信電話ものがたり――情報通信社会の《原風景》』(日本経済評論社、二〇〇一)、三一頁、八二頁。速水融・小嶋美代子『大正デモグラフィ――歴史人口学で見た狭間の時代』(文春新書、二〇〇四)、六四―六五頁。明治政府がいくら呼びかけても太陰暦のリズムが容易には消えず、農村などでは太陰暦によるムラの時間と太陽暦による学校・役場の時間の両方が流れることもあった(大門正克・安田常雄・天野正子編『近現代日本社会の歴史　近代社会を生きる』吉川弘文館、二〇〇三、五〇頁)。また、日清戦争での植民地獲得にともなう制度的時間の帝国主義的な変容については、小森陽一・酒井直樹・島薗進・千野香織・成田龍一・吉見俊哉編『近代日本の文化史3　近代知の成立』(岩波書店、二〇〇二)、四三一―四八頁を参照。

(22) 以下の経済的秩序の説明は次の文献を参照。小林延人『明治維新期の貨幣経

済』（東京大学出版会、二〇一五）、六頁、三三三―三三四頁。三上隆三『円の社会史』（中公新書、一九八九）、四四―四五頁、七八―八一頁、一一〇頁。

（23）以下の活字メディアの説明は次の文献を参照。小森・酒井・島薗・千野・成田・吉見編前掲書、二〇三頁。永嶺重敏『〈読書国民〉の誕生――明治三〇年代の活字メディアと読書文化』（日本エディタースクール出版部、二〇〇四）、三七頁、四一頁。

（24）以下の鉄道関連の説明は次の文献を参照。Schivlbusch, Wolfgang, 1977, *Geschichte der Eisenbahnreise: Zur Industrialisierung von Raum und Zeit im 19. Jahrhundert*, Hanser Verlag.（＝一九八二、加藤二郎訳『鉄道旅行の歴史――十九世紀における空間と時間の工業化』法政大学出版局）、訳書五二頁。大倉幸宏『「昔はよかった」と言うけれど――戦前のマナー・モラルから考える』（新評論、二〇一三）、一三一―五一頁。原田勝正『明治鉄道物語』（講談社学術文庫、二〇一〇）、八二―九一頁。三和良一『概説日本経済史　近現代［第3版］』（東京大学出版会、二〇一二）、一〇三頁。

（25）以下の説明は次の文献を参照。竹村民郎『大正文化　帝国のユートピア――世界史の転換期と大衆消費社会の形成』（三元社、二〇〇四）、一一三―一一四頁。湯沢擁彦『大正期の家族問題――自由と抑圧に生きた人びと』（ミネルヴァ書房、二〇一〇）、一八七頁。

（26）以下の説明は次の文献を参照。内田義彦・塩田庄兵衛「知識青年の諸類型」『近代日本思想史講座Ⅳ　知識人の生成と役割』（筑摩書房、一九五九）、二六九頁。竹内洋『立身出世主義――近代日本のロマンと欲望』（ＮＨＫライブラリー、

一九九七）、一四七頁、二四八―二五三頁。隅谷三喜男『日本の歴史22　大日本帝国の試煉』（中公文庫、一九七四）、三八三―三八四頁、四九三頁。小森陽一・酒井直樹・島薗進・千野香織・成田龍一・吉見俊哉編『近代日本の文化史4　感性の近代』（岩波書店、二〇〇二）、二〇三頁。橋川文三編『日本の百年4　明治の栄光』（ちくま学芸文庫、二〇〇七）、三七一―三七七頁。ひろたまさき『日本帝国と民衆意識』（有志社、二〇一二）、二四三―二四四頁、二五六―二六二頁。

(27) 以下の説明は次の文献を参照。湯沢前掲書、九五頁、一〇七―一〇八頁。南博編『大正文化』（勁草書房、一九六五）、二一六―二一七頁。季武嘉也編『日本の時代史24　大正社会と改造の潮流』（吉川弘文館、二〇〇四）、二二六―二二七頁。柳田國男『明治大正史　世相篇』（講談社学術文庫、一九九三）、一一三―一一四頁。速水・小嶋前掲書、二三頁。前田愛『近代読者の成立』（岩波現代文庫、二〇〇一）、一六六―二一〇頁。杉森孝次郎『新社会の原則』（天佑社、一九二一）、一頁、三五頁。

(28) 以下の説明は次の文献を参照。紅野敏郎・三好行雄・竹盛天雄・平岡敏夫編『大正の文学〈近代文学史2〉』（有斐閣選書、一九七二）、三―一一頁。上田博・國松泰平・田邊匡・瀧本和成編『大正文学史』（晃洋書房、二〇〇一）、五七―六一頁。小田切秀雄「日本における自我意識の特質と諸形態」『近代日本思想史講座Ⅵ　自我と環境』（筑摩書房、一九六〇）、六〇―六一頁。梅原猛編『戦後日本思想体系3　ニヒリズム』（筑摩書房、一九六八）、一七頁。歴史学研究会・日本史研究会編『日本史講座　第9巻　近代の転換』（東京大学出版会、二〇〇五）、三八頁、五二一―五三頁。

（29）多田編前掲書、一九頁。

（30）以下の説明は次の文献を参照。湯沢前掲書、一四頁。三和前掲書、八九頁。速水・小嶋前掲書、一五四頁。今井清一『日本の歴史23　大正デモクラシー』（中公文庫、二〇〇六）、三〇二―三〇七頁、二四八―二四九頁。中川清編『明治東京下層生活史』（岩波文庫、一九九四）。Najita, Tetsuo, 1974, *Japan*, New Jersey: Prentice-Hall, Inc.（＝二〇一三、坂野潤治訳『明治維新の遺産』講談社学術文庫）、訳書一八三―一八五頁。杉山伸也『日本経済史　近世―現代』（岩波書店、二〇一二）、三一〇頁。上田ほか前掲書、一三四頁、二一一頁。千葉俊二・坪内祐三編『日本近代文学評論選　明治・大正篇』（岩波文庫、二〇〇三）、二九八―三〇五頁。大門・安田・天野編前掲書、一七三頁。南編前掲書、二九六頁。瀬沼茂樹『大正文学史』（講談社、一九八五）、一九八頁。岡義武『日本近代史体系5　転換期の大正』（東京大学出版会、一九六九）、一四〇―一四三頁。

（31）McLuhan, Marshall, 1962, *The Gutenberg Galaxy: The Making of Typographic Man*, University of Tronto Press.（＝一九八六、森常治訳『グーテンベルクの銀河系――活字人間の形成』みすず書房）、訳書三五八頁。

（32）以下の説明・引用は次の文献を参照。鈴木貞美編『大正生命主義と現代』（河出書房新社、一九九五）、九―一一頁、一三九―一四一頁。鈴木貞美『「生命」で読む日本近代――大正生命主義の誕生と展開』（ＮＨＫブックス、一九九六）、一一三―一一八頁、二四頁。速水・小嶋前掲書、一一九頁。小田切秀雄『文学概論』（勁草書房、一九七二）、三八四頁。千葉・坪内編前掲書、一七五―一九一頁。森まゆみ『『青鞜』の冒険――女が集まって雑誌をつくるということ』（平凡社、二〇一三)、二〇三頁。平塚らいてう『平塚らいてう自伝——原始、女性は太陽であった2』(国民文庫、一九九二)、二二五頁。米田佐代子・池田恵美子編『『青鞜』を学ぶ人のために』(世界思想社、一九九九)、一二九頁。嶋田厚・野田茂徳・田代慶一郎・飯沢耕太郎・宮田登『大正感情史』(日本書籍、一九七九)、二〇頁。上田ほか前掲書、四七—四八頁。田中保隆「近代評論集Ⅱ解説」『日本近代文学大系58 近代評論集Ⅱ』(角川書店、一九七二)、一七頁。

(33) 以下の説明は次の文献を参照。平石典子『煩悶青年と女学生の文学誌——「西洋」を読み替えて』(新曜社、二〇一二)、一五頁。鈴木前掲書、二四頁。竹内前掲書、二五八—二六〇頁。筒井清忠『日本型「教養」の運命——歴史社会学的考察』(岩波書店、一九九五)、一八頁、九一頁、一〇八頁。日比嘉高『〈自己表象〉の文学史——自分を書く小説の登場』(翰林書房、二〇〇二)、二七頁、一三七頁。生松敬三『現代日本思想史4 大正期の思想と文化』(青木書店、一九七一)、一二七頁。上山春平編『日本の名著47 西田幾多郎』(中央公論社、一九八四)、一九〇頁、二七二頁。浅見洋『西田幾多郎——生命と宗教に深まりゆく思索』(春風社、二〇〇九)、九一—一一〇頁。伊藤整『近代日本の文学史』(夏葉社、二〇一二)、二三一頁。阿部次郎『人格主義』(羽田文庫、一九五一)、四五—四六頁。船山信一『大正哲学史研究』(法律文化社、一九六五)、一五二頁。

(34) 当時の中学校卒業者の満二〇歳人口に占める割合は明治三三(一九〇〇)年で〇・四%、四四(一九一一)年で二・三%ではある。しかし「修身(倫理)」教科書の編集方針がほぼ変わらなかったという高等女学校・実業学校をあわせれば、中途退学者も多いとはいえ、それぞれ明治三三年で生徒総数は約一四万人、四四年で二三万人強となり、それなりの規模の層が生産されつつあった（日比前掲書、一三七頁）。また、「人格」の語は明治二〇年代前半において英語の「personality」あるいはドイツ語の「Person」の訳語として選ばれた。日本における人格観念の成立と広がりは明治二〇年代におけるT・H・グリーンの倫理学説の受容を媒介としている。グリーンの紹介者のひとりである倫理学者・カント哲学研究者の中島力造によって明治三〇年代以降に唱えられた人格実現説は、人格観念が広がる大きなきっかけとなった。佐古純一郎『近代日本思想史における人格観念の成立』（朝文社、一九九五）、一二一―三六頁、一三四―一三九頁を参照。

（35）歴史学研究会・日本史研究会編前掲書、八九―九六頁、一〇〇頁、一一八頁。

（36）以下の説明は次の文献を参照。鹿野政直『大正デモクラシーの底流――〝土俗〟的精神への回帰』（NHKブックス、一九七三）、二〇―二一頁。成田龍一『日本近現代史4　大正デモクラシー』（岩波新書、二〇〇七）、一一七頁。池田元『大正「社会」主義の思想――共同体の自己革新』（論創社、一九九三）、三五―五一頁、一八〇―一八二頁、二三二―二三三頁。相馬御風『相馬御風著作集別巻一』（名著刊行会、一九八一）、二三八頁。梅森直之「大杉栄の精神史の一齣――「無政府主義の手段は果して非科学的乎」にみる二重の屈折」『初期社会主義研究』第4号（初期社会主義研究会、一九九〇）、七一頁。田中前掲書、一七一―三三頁。中山弘明『第一次大戦の〈影〉――世界戦争と日本文学』（新曜社、二〇一二）、二二一―二七頁、七四―七五頁。島村抱月『島村抱月文芸評論集』（岩波文庫、一九五四）、八六頁。

（37）純粋経験という一元論的発想をもつ『善の研究』が大正生命主義の一元論の

出発点をなしたことはおそらく事実だろう。とはいえ実際のところ、西田の哲学がどれほど当時の思想潮流に直接的な影響を与えたのかを正確に判定することは簡単ではない。また本書は、近代日本における「脱・自分」の発想が仏教思想の無我説からきたと即断しない。近代的な仏教思想を本格的に開始したはずの清沢の著作に「無我・空」の論がまったくないからだ。「清沢における有限と無限のぎりぎりの緊張は、それを無我・空に解消しないことによってはじめて成り立つ」ものであった。末木文美士『近代日本の思想・再考Ⅰ　明治思想家論』（トランスヴュー、二〇〇四）、一一九頁、三〇一頁、および同『近代日本の思想・再考Ⅱ　近代日本と仏教』（トランスヴュー、二〇〇四）、四六頁を参照。

（38）このことをイタリア・ファシズム下の知識人層の近代的な自己・アイデンティティの問題として捉えたものに、伊藤公雄『光の帝国／迷宮の革命――鏡のなかのイタリア』（青弓社、一九九三）がある。本書における「ひとつ」という用語・発想は伊藤氏からの教示による。

（39）以下の説明・引用は次の文献を参照。寺澤浩樹『武者小路実篤の研究――美と宗教の様式』（翰林書房、二〇一〇）、三四―三六頁、四六頁。武者小路実篤『お目出たき人』（新潮文庫、一九九九）。生井知子『白樺派の作家たち――志賀直哉・有島武郎・武者小路実篤』（和泉選書、二〇〇五）、二四九頁。亀井勝一郎編『武者小路実篤詩集』（新潮文庫、一九五三）、八〇頁。鈴木前掲書、一六一頁。

（40）「むだ花」大正二年（第5巻、一〇―一一頁）。

（41）Taylor, Charles, 1989, *Sources of the Self: The Making of the Modern Identity*, Harvard University Press.（＝二〇一〇、下川潔・桜井徹・田中智彦訳『自我の源泉――近

代的アイデンティティの形成』名古屋大学出版会)、訳書五一五—五一六頁。
(42)「賭博本能論」大正三年(第2巻、七五—八三頁)。

晩年の辻潤（『本の手帖』昭森社、1965年　5・6月合併号より）

IV

辻潤の「脱・自分」

本章が扱う具体的事例は、大正・昭和初期を中心に文筆活動をした辻潤（一八八四—一九四四）である。そのテクストには「脱・自分」の欲望が独特の文体によって示されている。「一切の解説的智性を転覆している」思想をもつ辻潤の人や作品を解説することはナンセンスだ、という見解もよくわかるものだ。[1] だが大正期の「脱・自分」を考えるうえでは、辻の言説を避けることができない。

一般には、大正三（一九一四）年のC・ロンブローゾ『天才論』や大正一〇（一九二一）年のM・シュティルナー『唯一者とその所有』などの翻訳者、大杉栄を追った伊藤野枝の前夫、ダダイストの文学者、尺八をもった放浪者、詩人・画家である辻まことの父（母は伊藤）として知られる。読者や親交のあった人びとによる追悼文・報告文の出版物も残されている。[2] 代表作に『ですぺら』『絶望の書』がある。

一、「脱・自分」の言説

自己放棄

実家は経済的に豊かだった札差から没落して、辻の青年期までには逼迫していた。辻は二〇歳のときに小学校の代用教員になったが、家計を担うには足らず、夜学と家庭教師の内職もやらなければならなかった。少年期には自分が立派な茶人か風流人になると予想していただけに、そうした労働苦には絶望し自卑していた。[3]

こうした境遇もあってか辻は厭世観を強くもち、自己放棄的になった。上野高等女学校での生徒だった伊藤野枝との同棲生活を開始する直前に、学校も辞職した。母と妹と伊藤がいる家族の長としての責任も放棄した。とはいえ、三〇歳前後のころはまだ文壇的野心を失ってはいなかった。その後、酒浸りや放浪生活をするのだが、そのほとんどは伊藤との生活がくずれる大正五（一九一六）年ごろからはじまる。大正一一（一九二二）年には小島清という女性と自分勝手な同棲をしたが、伊藤が関東大震災直後に大杉とともに虐殺された事実を大阪での号外で知り、自己放棄はさらに強まる。(4) 大正後末期・昭和期の辻は尺八を吹きつつ放浪し、自著の愛読者の家に居候などをして暮らすようになる。

こうした辻の自己放棄は「意気地なしのぶざまな体たらくを、惜し気もなく人前に晒す」ものだった。それは内向的性格とアルコール依存症と貧窮生活の結果として生じた、ときに抑鬱的でときに自己露出的な精神の病でもあった。昭和七（一九三二）年に、辻は「とうとう天狗になったぞ、天狗に羽が生えてき出したぞ！」叫んで家の二階の窓から下の小部屋に移り、そこから経文を唱えつつパッと飛び降りた。すぐさま中学時代の旧友・斉藤茂吉の青山脳病院に収容されたが、翌日の『読売新聞』には大きな活字で「辻潤天狗になる」という見出しがでた。

「自己凝視即自己軽視」の倫理

自己放棄の精神が強くなった辻は、次のような文章を書き続ける。(5)

自分のようにこの世の一切に対して、なん等の価値をも認めなくなってしまった人間は、生きている目標をも同時に見失ってしまった……まずこの世に自分程くだらん人間はないといってもいい、過言ではあるまい。

自分の言動は一切その時限りで、前後になん等の執着もない、無義務無責任。まったく頼りにならない人間だと、自分でもつくづく思うことがある。

だが興味深いことに、辻の自己表象にはある種の徹底性がみられる。辻の自己放棄は無気力な姿勢にとどまらず、むしろ一種の原動力をもつものだ。辻は自分自身を徹底的に何者でもないものとして規定しようとし、かつそれを執拗に表現し続けた。例をあげよう。(6)

僕は時々出来るなら国籍をぬいてもらいたいものだと思うことがある。つまり、何処の国の人間にもなりたくないのだ。自分以外になん等のオーソリティなしに暮らしたいのだ。色々な責任から脱却したいのだ

自分は従来ダダだとかニヒリストだとか自分でもいって来たし、人からもいわれて来た。しかし、私は現在あらゆる符牒やイズムから解放されたいものだと思っている。

このように、辻は自分に与えられた外的属性をすべて捨て去りたいという欲望を表現する。こういった言表を繰り返すことは、自分以外に意味はないと考える単純な独尊的個人主義にもみえよう。なるほど辻はシュティルナーの思想から強い影響を受けつつ、「一切の価値はただ自己が創造するのみだ。自分以外に価値を見出す者は自分以外に権威を認めるものだ」と決然とした個人主義的表明を書いた。しかしそこに続けて、「自分の創造する価値は不断に移り動く自己の内容と共に変化する。客観的に其処に何等の価値も存在してはいない」とも考えていた。こうした自身の価値についての感じかたは、自分以外に意味はないとする独尊性とは異なる(7)。

さらに、辻は個人主義者ではあっても「自分は時代遅れの個人主義者だ。しかし、主義者などとなにも四角ばった言葉を使わないでもいい。つまり「僕は君ではないのだ」という位な程度だ。……その「自分」と名付けている「存在」も考えようでは複雑極まる「代物」で決して簡単な「個」ではない。掘り出せばなにが出てくるか知れたものではない」という興味深い言表も残しており、個や個人というものを単純に称揚する思想をもっていたわけでもなかった(8)。辻は「「自分」と名付けている「存在」」が諸要素による複雑な構成物だとはっきりと自覚していた。自分の内面的要素までも捨て去ろうとする言表から、それは裏づけられる。例をあげよう(9)。

私の頭やからだの中には色々な滓が一杯たまっている。……私はそれを全部吐き出してしまいたいのである。

僕にだって昔は「ユウトピヤ」の夢位はあったが、それはとっくに消え失せてしまったのだ。……若し自分に「理想」というようなものがあればそれは「無理想」であり、……

とに角、私がこれを書いたことは古谷式にいえば劫初から定められた一つの惰性である。古谷氏が書かせたものでも、私が書いたのでもない……DADAが書いたのだ。

(「……」は引用文のもの)

このように、辻の自己放棄は自分に関わる社会的なレッテルや認知をすべて捨て去りたいという思いにとどまらず、ほかならぬ自分自身の個性を作りあげてきた内面的なものを解消したく思う欲望にまで達していた。それは自分自身の個性を構成してきたとともに束縛もしてきた諸要素を辻が強烈に自覚し続けたことによる。例をとおして確認しよう。[10]

僕は実際、意気地のない、逃避者だ、しかし、いくら逃避したところで、生きている限りこの現実からの逃避は一分一秒たりとも出来はしないのだ。

人間は真に如何なる物を求め、如何に感じているか？——それを相互に知ることの出来る表現の自由を束縛する権利を全体誰が与えているのか？——それは人間だ、人間が人間を自縛しているのだ。

自分が「文化人？」（なんと滑稽にもシャラクサイ名前であることよ！）として次第に解体してゆくにつれて自分の文学も亦次第に「解体」してゆくであろう。

無用の屑を堆積させてゆくのが文明であり、資本主義的ピラミット《ママ》でもある。人間はそれによって自縄自縛されてゆくばかりである。自分はそれを次第に剥ぎ取ることに努力しようとしている。

自身の外にある歴史的・社会的・文化的な諸要素が自分の存在を外的・内的に制限しつつ構成してきたことを、辻は強烈に自覚していた。この強烈な自覚がなければ、その諸要素を自分から「次第に剥ぎ取ることに努力しよう」という欲望は生まれまい。キリスト教・社会主義・自然主義・西洋文学・ダダイズムなど、明治中期から大正前期にかけてなされた自らの精神形成の軌跡は、自己放棄を強めた辻にとって「それ等の一切を出来るものなら清算したい」ものだった。(11) 辻は「自分と云うものを出来るだけ深く察して、俎上に載せ残酷な解剖を試みなければならないと思う」とも書く。ここで辻が「残酷な解剖」と表現しているものは「次第に剥ぎ取る」ことと同内容であろう。

以上からわかるように、辻には自分自身の外的・内的な諸要素を徹底的に剥奪していこうとする欲望があった。本書はここに「脱・自分」の一つを読みとる。大正後末期以降、辻は酒浸りと浮浪の生活を送りつつ、「脱・自分」の言説をも生み出しつつ、自分自身を徹底的に何者でもないものとして規定し続けた。辻を支援した評論家・松尾邦之助が指摘するように、そこには「自己凝視即自己軽視」の倫理とでも呼びうるものがある。[12]

二、思想構造と精神形成

辻における「脱・自分」の欲望は、どういった思想的契機によって生み出されていたのか。

辻の思想構造

近代日本思想研究の板垣哲夫による「辻潤の思想」（一九九六年）という論考がある。[13] これは、辻の全体的な思想構造を明らかにすることを試みた、現時点でほとんど唯一の論考だ。この論考で板垣は、「外界から自己を離脱させようとする情動」と「世界への自我の没入」という、相反する二特徴の併存こそが辻の思想における基本原理だと指摘した。

板垣の説明をたどろう。まず一つめの「外界から自己を離脱させようとする情動」とは、「自己と外界との緊張関係を喪失させ、最終的に、外界から孤絶し、能動性を全く失」わせるというものだ。この情動によって、外界のあらゆる価値や意義を無意味なものと感じるようになり、自分にとっての世界が失われていく。端的にいえば、それは外的世界との関係性をすべて断って孤独・孤立のうちにひきこもることで、結果的に自分自身へしか意識が向かわなくなるような心理状態である。

これに対して二つめの「世界への自我の没入」とは、妄想によって包摂的に外側の世界を獲得し、どんなことをも妄想的にそこへ編入していくとともに、自身の意識もすべてそこへ向かうことである。辻の放浪生活において、しばしば世界への没入がおこなわれる。それは辻自身が「森羅万象の中に自己を放擲して生きる程融通無碍なことは恐らくあるまい」と述べるような、自他融合的な状態に向かうことだった。妄想を含んだ外的世界との関係に入りこむことをとおして、自分自身の存在を解消していこうとする心理状態である。辻はほかでも、「無目的にまったく漂々乎として歩いていると自分がいつの間にか風や水や草や、その他の自然の物象と同化して自分の存在がともすれば怪しくなって来ることはさして珍しいことではない」と書いている。(14)

一見すると、放浪時の「世界への自我の没入」による自身の存在の解消こそが「脱・自分」にあたると判断されよう。しかし少なくとも先にみた「脱・自分」の言説は、そうした自他融合的な志向をもつものとは異なる。また、外的世界という同一化対象としての宛先をもちうる点でも、「世界への自我の没入」による自己の存在解消は「脱・自分」と異なる。

板垣の説明に戻ろう。辻の「外界から自己を離脱させようとする情動」が、それと相反するはずの「世界への自我の没入」へと接続されている。この接続の要因について、板垣は辻の「浮浪の衝動は静止の不安から起こってくるらしい」という言表を示し、そこに考察を加える。辻のいう「静止の不安」とは、外界とのすべての関係を喪失することで自身の能動性をすべて失ってしまうのではないかという不安を指す。この「静止の不安」に陥りたくないがために、辻は衝動的かつ浮浪的に自他融合的な妄想の世界へ向かうのだ。板垣はこのように辻の思想構造を分析し、「静止の不安」を媒介とした「外界から自己を離脱させようとする情動」と「世界への自我の没入」という、相反する特徴の接続を試みた。

辻の精神形成(1)——ナルシシズムについて

辻の精神形成という面から、板垣の示した論点を具体的に確認しよう。

豪商で裕福だった実家は、辻の少年時代から没落しはじめていた。その影響もあって、辻はある種の厭世観を強くもつ。外的な世界を厭う辻の精神は、「自分のようにこの世の一切に対して、なん等の価値をも認めなくなってしまった人間は、生きている目標をも同時に見失ってしまった」というような、生きる目標・目的を喪失した態度を生み出していく。[15] 辻がもとは立派な茶人か風流人になると思っていたことから、やはり目的・目標の喪失とみるのが適切だろう。

この態度によって生活していくうちに、自身をとりまく社会・世間のもつ意義も価値も辻にとっては実感的に「わからない」ものとなる。「この世の中でなにが一番価値のあることなのか？……人間と生まれた以上はやはりこの世で一番価値のある仕事をしたいと思うのはきわめて自然の欲求だと考えられる。——それが私にはわからない」と感じられるようになる。自身の存在が社会的諸要素によって構成されていることを辻が強烈に自覚していたという事実を重ねれば、こうした感じかたはたしかに外的世界の意義や価値と自身の生との関わりを観念的に断ち切っていく「外界から自己を離脱させようとする情動」へもつながるだろう。

ただし厭世観を強くもっていたとはいえ、辻は厳しい肉体的修行に向かうタイプではなかった。幼少期に温室育ちで大事に扱われた辻に甘えの心理が染みこんでいたからだ。(16) 辻は自分自身の境遇や気持ちばかりを繰り返し文章に書きつづったが、その原動力も「自分を自負し、自分に惚れぬいている心理」としての過剰なナルシシズムにある。辻の畏友・武林無想庵の弟で辻の病理を研究した精神科医の三島寛は、この過剰なナルシシズムを病的なものと捉え、それが依存欲求の不満から生じたとみる。幼少期の甘えの心理が染みこんでいたにもかかわらず、貧しくなった境遇のために充分に周囲に依存することが許されなくなったと考えるわけだ。没落した貧しい境遇によるそうした欲求不満の発生は、むろん辻のナルシシズムの肥大をくいとめる契機となってはいた。だが同時にそれは辻の自我意識を不安定なものにもしたのだ。

こうした見解にもとづくかぎり、辻の自我意識が不安定だったことで、その過剰なナルシシズムが後の病理的精神・行動へと展開したと考えられる。だとすれば、自身の能動性をすべて失ってしまう「静止の不安」もこのナルシシズムによると考えられよう。

辻は霊魂という精神的発想へ強く惹きつけられ、しだいにその表現もおこなうようになる。辻は独特の表現を用いて、「自分は常に反対の方へ発展する「精神」である。自分は益々唯心的？　になってゆくであろう。そうして遂には雲の如く、霞の如く更にエーテルの如き「存在」に進化するでもあろう」と、この精神的発想を同一化願望へ託して書くまでになる。(17)こうしたことは、明治中後期の知的青年層に広くみられたキリスト教と社会主義の影響が大きい。(18)

辻の精神形成(2)——霊魂について

明治三二（一八九九）年一五歳のとき辻は神田錦町の国民英学会に入学し、キリスト教徒となる。内村鑑三の著書を『求安録』（明治二六年）を始めとしてほとんど読み、それまで親しんでいた講談本や稗史小説類をなげうって、聖書や英語ばかりをひたすら勉強した。当時多くの知的青年層と同じく、辻もキリスト教によって精神活動の端緒がひらかれた。辻に霊魂の存在を教えたのはキリスト教だった。

辻は明治三六（一九〇三）年から明治四〇（一九〇七）年ごろに、社会主義へも関心をもつようになる。明治四〇年八月ごろの社会主義夏期講習会における写真には、大杉・堺利彦・片山潜・福田英子・幸徳秋水らにまじって辻も顔を見せている。当時多くの知的青年と同じく、社会主義への関心はキリスト教を介した人道主義的なものだった。伊藤を社会主義や『青鞜』に導いたのも辻だ。

明治三〇年前後に本格化した社会主義運動は、キリスト教の人道主義と強力に結びつき、その中心人物もキリスト教徒として社会主義思想を抱いてアメリカから帰ってきた片山だった。治安警察法によって即日禁止となった明治三四（一九〇一）年結成の社会民主党も、そのメンバーである片山・幸徳・安部磯雄・西川光二郎・河上清・木下尚江のうち幸徳以外の五人がキリスト教徒だった。[19]

けれども結局のところ、キリスト教の活動にも社会主義運動にも辻はその身を捧げなかった。大正元（一九一二）年ごろにシュティルナーの『唯一者とその所有』の英訳を読み、「唯一者」という徹底した自我思想から強い影響を受ける。そして大正末期には「自分は神を信じない、しかし自分の霊魂を信じている……霊魂がきよらかに澄めばすむ程、私の足は地上から離れてゆく……地上一切の理想が姿を掻き消して、私の霊魂が初めて更生した」と書くまでになる。[20]この言表はキリスト教の信仰そのものを追求したり、物質的現実を批判して社会主義的理想を追求したりするものではない。ここには他のものを一切認めない、ある種の抽象的な精神性のみを目的地点とする発想がある。

このように、「雲の如く、霞の如く更にエーテルの如き「存在」」として、神秘的・超越的な霊魂が実質的な具体性をまったく欠いた精神的目的地点と捉えられる。このことは辻の「世界への自我の没入」と通底していよう。

辻の思想構造と「脱・自分」の欲望

以上をふまえ、辻の思想構造についてまとめよう。まず、外的世界の意義や価値と自身の生との関わりを観念的に断ち切ろうとすることが、辻の「外界から自己を離脱させようとする情動」にあたる。またキリスト教から強い影響を受け、実質的な具体性をまったく欠いた超越的な精神的目的地点としての霊魂という発想が独自に形成された。そして、過剰なナルシシズムにもとづく「静止の不安」を介して、精神的目的地点としての霊魂という超越的なものがめざされつつ、「外界から自己を離脱させようとする情動」が自他融合的な「世界への自我の没入」へと接続された。

ここまでの議論が妥当ならば、辻の「脱・自分」の欲望は次のようなプロセスで発動されていたと考えられる。まず、厭世的に生じた「外界から自己を離脱させようとする情動」をとおして、外的な社会的諸要素による自分自身の構成が強烈に自覚される。つぎに、「外界から自己を離脱させようとする情動」が、「静止の不安」を介して、実質的な具体性を欠いた超越的な霊魂という精神的目的地点をめざした「世界への自我の没入」へと接続される。こうしたことによって、自分自身のもつあらゆる具体的・実質的要素を徹底的に剥奪しようとする欲望が生じていく。(21)

「世界への自我の没入」からの揺り戻し

しかしながら、「脱・自分」の言説を書き続けた辻の生活をかんがみると、じつは右の思想構造にもう一つの道筋が隠れている。板垣によると、辻においては文章執筆時が「外界から自己を離脱させようとする情動」に対応し、浮浪生活の状態が「世界への自我の没入」に対応する。[22] 辻は晩年にいたるまで、繰り返された放浪生活の後に何らかの悟脱などへ到達することなく、その度ごとに現実生活での文章執筆に戻っていった。[23] だとすれば、こうした辻の生活をみるかぎり、接続・移行が一方向のみのものではなく、実のところは反復的なものだったのではないか。「外界から自己を離脱させようとする情動」からの移行（前者→後者）だけではなく、「世界への自我の没入」からの揺り戻しという逆方向の移行（前者←後者）も生じていたと考えられるのである。

辻はなぜ現実的な文章執筆の生活へと戻り続けたのか。残念ながらこの理由を辻の研究・評伝は明らかにしていないが、まず考えられるのはこの点にも「静止の不安」が関わるというものだ。理想的な精神的目的地点といっても結局のところ霊魂は具体的・実質的な内容をもちえないため、現実的な次元に多少なりとも関わっている辻の過剰なナルシシズムは「世界への自我の没入」においても充分に満足できなかった、という解である。だが「静止の不安」と「世界への自我の没入」からの揺り戻しとの関係について、その直接的確証は辻のテクストから見出せない。また霊魂は理想的な精神的目的地点なのだから、そこに同一化して静止することに不安を感じるというのにも疑問が残る。

本書では次の言表に着目したい。「物を書こうという気の起る時には、もう既に自分は甚だしい束縛の囚人である。少なくともそういう意識の下で自分は物を書くのである。……自分の霊魂はあまり物を書くことを欲してはいないのらしい。それにも拘らず、自分はこれまでに、またこれからも幾度となく物を書くという動作をやるだろう」という、文筆活動と霊魂とを関連づけた言表だ。(24) 現実的な文章執筆の生活は超越的な霊魂への方向とは正反対のものだ、という自覚がここに明示されている。それは「世界への自我の没入」からの揺り戻しが起らないと現実的な文章執筆の生活に入れないということでもある。

辻が超越的な霊魂への強い同一化願望をもちながら、「世界への自我の没入」の方向の先にある霊魂には完全に到達することなく、その途中で正反対の方向にむかってくるりと揺り戻ったことは確実だ。辻の思想構造を解明するうえでも、この問題点を説明する必要がある。もとより「脱・自分」の言説も、この揺り戻しの後の文章執筆から生み出されたものだ。辻という個人的主体におけるこの揺り戻しは、どのような思想的契機や社会的傾向と関わっているのか。

三、明治期のキリスト教と知識人層

辻の「脱・自分」を当時の歴史的・社会的・文化的状況と関連づけるために、まずキリスト教が明治・大正期の知識人層に与えた影響を確認したい。辻のみならず、前章の大杉栄や次章の正宗白鳥もキリスト教に強い影響を受けている。むろん「脱・自分」も辻の揺り戻しもキリスト教の思想から直接導出できるものではない。だが辻の営為は、キリスト教への強い関心をもとにした超越的な発想を抱きつつ自分自身のことを書いた点で、まさに明治期キリスト教の落とし子である。

適応的要因としてのキリスト教とその動向

人間を同胞視するキリスト教の思想は、西洋文明からやってきた新しい人間観・社会観として、日本の知識人層の心を強く捉えた。それは啓蒙思想としての理解にはじまる。[25]

明治六（一八七三）年のキリスト教黙認を契機としてキリスト教の動きは活発になり、海老名弾正・小崎弘道・本田庸一・植村正久・内村鑑三・新島襄・押川正義といった多くの日本人指導者を輩出する。キリスト教は包括的な宗教概念をもつ一方で、厳格な道徳的要求によって個人の私的領域を律する。このこともあり、倫理性と宗教性を重ねて理解する儒教的素養をもっていた知識人層を中心に、キリスト教は根づいていく。当時の知的青年層は過去の仏教と儒教の倫理的世界を完成・成就させる最上のものとしてキリスト教を捉え、自分自身を「個」としてほかの日本人から隔離するために受容した。ただし、そうした青年たちの多くは従来の価値観と新しい自由な西洋の価値観とのあいだで板挟みになりながら、社会へ入っていくことになった。

キリスト教への接近者や入信者は農村部の上昇的生産者層にも多く、合理的な西洋文明を摂取するための基礎がキリスト教だとみた。文明開化を推し進める啓蒙的な力としての「宗教＝キリスト教」という理解から、豪農商層やムラの啓蒙家たちの多くは憑祈禱・念仏講・

稲荷講・地蔵・庚申といった民間信仰を淫祠邪教とみなして抑圧する。明治前期の日本では、このようにキリスト教が近代化への社会的な適応的要因として強力に機能した。

明治中期以降になると、教育勅語(明治二三年)や豪農層の相対的な地位低下もあって農村部が保守的・国家主義的に反動化するにつれ、キリスト教会もしだいに農村部での教会の活動が困難になる。欧化の花形であったミッション・スクールも生徒数を減らし、その多くは閉校に追い込まれる。そこでキリスト教会は新しい展開を求めて都市部の知識人層や学生層へとその基盤を移していき、信徒数も明治二七(一八九四)年の三万七千人が明治三七(一九〇四)年には六万六千人にまで増加した。岡山の豪農出身の白鳥がふれたキリスト教や都市部出身の大杉や辻がふれたキリスト教も、こうしたキリスト教会の動向に沿うものだった。

超越的要因としてのキリスト教

キリスト教は、内面的個体性の原理という新しい理想主義的要素を日本社会へ導入した。[26]このことは現実社会への批判として、明治一〇年代の自由民権運動を生み出す。共同体的機制から独立しようとする「近代的自我」の目覚めを自由民権運動の基礎として積極的に根拠づけたのがキリスト教だったわけだ。実際に、平民主義を掲げて明治二〇(一八八七)年に雑誌『国民之友』を創刊した民友社も、キリスト教を理念としていた団体ではなかったにもかかわらず、徳富蘇峰・竹越三叉・山路愛山・宮崎湖処子・徳冨蘆花・国木田独歩といった有力なメンバーが全員キリスト教に強い関心をもっていた。当時の徳富蘇峰は、国民全体に西洋的な文明精神を普及・定着させることが近代国家形成のための基本的課題だとみた。また、イエ制度のもとにある家族集団から個人の人格を独立させる正当性の信念も、キリスト教が与えたものだった。こうしたことは近代日本における理想主義的な自我意識への思想的端緒をひらいた。

　霊魂や生命の観念をはじめとして、キリスト教は明治二〇年ごろから理想主義・精神主義の色合いを強めていく。たとえば、明治二六（一八九三）年五月『文学界』発表の「内部生命論」で、北村透谷は「生命」と「不生命」を「東西文明の大衝突」とみて、明治の思想界におけるキリスト教の事業とは「生命の木なるものを人間の心に植ゑ付けたる」（傍点は引用文のもの）ことだと述べた。(27) 同年創刊の『文学界』は、透谷のほかに星野天知・平田禿木・島崎藤村・戸川秋骨・上田敏といったロマン主義文学の旗手たちが同人となった雑誌だ。彼らは明治期のプロテスタンティズムの影響下に人間形成をおこなった。

　霊魂という発想の知的青年層への展開を、透谷にそくして確認しておこう。国民統合のための現実主義的なナショナリズムの勃興を前にして、知的青年層は自由民権運動という政治の領域で挫折を経験した。透谷はこの挫折によって、キリスト教と文学という内面的な思想領域への転換をはたした最初の人物といわれる。透谷は内なる生命的自然を根拠とした自我意識を「発見」し、反動と凡庸に対する文学的な戦いのなかでその自我意識の絶対性を観念においてうちだした。高山樗牛らによって主張された本能的な自我充足と、透谷によって先駆された霊魂／肉体の葛藤に悩む自我意識とは、とりわけ明治中後期の知的青年層にとって切実なロマン主義的問題となる。このように、キリスト教とロマン主義文学と自我意識の問題とを介して、霊魂という観念的発想が当時の知的青年層に広がった。

宗教的問題の時代

こうした知的潮流によって、明治三〇年代は宗教的問題の時代に入っていく。[28] 内村鑑三のキリスト教のみならず、綱島梁川の信仰・清沢満之の精神主義・高山樗牛の日蓮主義・宮崎寅之助のメシア思想といった、宗教的・人生論的問題が広く知的青年層を捉える。それは知的青年層において形成されつつあった「近代的自我」へ内面的煩悶の心性を導入した。とくに藤村操の華厳の滝への投身自殺（明治三六年）は、良家の出で旧制第一高等学校生であるという恵まれた青年の哲学的自殺だっただけにセンセーションを巻き起こし、知的青年層の煩悶の増加とそれに社会が着目するきっかけとなる。藤村が残した「巌頭之感」は『煩悶記』の名で出版されてベストセラーになり、煩悶や厭世を理由とした自殺者・自殺未遂者もあいつぐ。

当時のキリスト教は、苦悩と不安と煩悶とに応えることで知的青年層を惹きつけた。なかでもよく応じたのが内村鑑三だ。辻も白鳥も内村の愛読者だった。また「告白」という再帰的自己認識を日本の知識人層に導入した点でも、キリスト教の役割は大きい。キリスト教のもたらした告白という制度的行為とその自由を、日本の知識人層がまさに「覚えた」のだ。J・J・ルソーの『懺悔録（告白）』とJ・E・ルナンの『耶蘇（イエス伝）』は明治期の文学青年における共通の愛読書だった。L・トルストイの『我懺悔』（加藤直士訳）も明治三五（一九〇二）年に出版され、日露戦争前から一定数の知識人の心を捉えていた。キリスト教社会主義者だった木下尚江などはトルストイに刺激され、少年時からの懐疑と煩悶の遍歴を告白した『懺悔』（明治三九年）を刊行する。

内面的問題の非キリスト教化

霊魂や告白にみられるこうしたキリスト教的な自己認識は、諸個人の内面的自律性を前提とするものだ。(29) 一般に近代社会では社会構造の諸要素がさまざまに分化しつつ、諸制度が専門化し、諸個人のありかたも多様化しはじめる。そして諸個人の内面的自律性が重要視されるようにもなる。

たしかに後発的な日本社会の急激な近代化は国家主導のものだったが、諸制度の専門化と内面的自律性の進展についてはこれとほぼ同じであった。キリスト教についていえば、教派・教会が制度的に確立されていくにつれて知的青年層の現実的問題からしだいに撤退し、やがて宗教プロパーとなった。辻や白鳥のみならず、国木田独歩や島崎藤村などをはじめとした文学者の多くは、キリスト教に強く惹かれたのちすでに大正初期には離れていた。その時期の日本社会では資本主義の発展につれて新たなかたちでの「適応」が強まるとともに、知的青年層が内面的な人格の問題を（宗教的にではなく）文学的・思想的に捉えはじめていた。辻が霊魂の問題をキリスト教の信仰とは独立に考えるようになったのも、こうした動向に呼応している。

四、大正後末期における「自省」

辻の「脱・自分」も、特定の歴史的・社会的・文化的状況のもとで生じたものだ。本節では、大正後末期における「超越」と「自省」という二つの社会的傾向を確認し、辻を含む文学者たちの営為をそこに関連づけたい。この関連づけによって、超越的なものからの揺り戻しに関わった思想的契機を社会学的に考察できる。

「超越」の弱体化——関東大震災をめぐって

Ⅲでも確認したとおり、理想主義的な「超越」を担っていた大正前中期の思想的リアクションは、生命観念のもつ包括的な統一的志向をとおして結果的にそのほとんどが「適応」に回収されてしまっていた。ここでは関東大震災の思想的影響という点から「超越」の社会的傾向の弱体化を論じたい。辻の独特の自己放棄も関東大震災を契機として強まったからだ。(30)

周知のように、大正一二（一九二三）年九月に起きた関東大震災は、死者・行方不明者あわせて一〇万五千人あまりという大規模な被害をもたらした。震災の影響は東京・横浜以外の多方面にわたった。避難民の動向だけでも東京市から九七万人もの人口が離れた。軍はすでに震災直後から社会主義者を徹底的に弾圧する方針を採っていたが、流言蜚語と戒厳令のもとで多くの朝鮮人の虐殺だけではなく社会主義者の虐殺もおこなわれる。三日には社会主義者の川合善虎や平沢計七ら一〇名が殺される亀戸事件が起こり、一六日には大杉と伊藤が甥の橘宗一とともに拉致され、殺害された。アナーキストの石川三四郎も警察に拘束される。民衆のあいだに根強く潜んでいた反動的・保守的な感情が扇動されるにいたって、当時の民主主義的な知識人層や労働団体は諸問題を克服してゆく力をもちえなくなる。

一九二〇年代までに高揚したはずのデモクラシー運動や労働運動は、震災後の大正一四（一九二五）年に成立した男子のみの普通選挙法と治安維持法の抱き合わせによって、政党政治的支配体制に適合的な方向性へ転換した。唯一の社会主義政党だった日本共産党も、震災前の六月に一斉検挙をうけて壊滅状態にあったが、震災後になると主たるメンバーが党の再建に絶望してその解体を求める。

こういった社会主義運動・労働運動を除いても、理想主義的文化のおもな担い手は都市部の新中間層にすぎず、それは大正九（一九二〇）年の第一回国勢調査でも全人口の六〜一〇％弱程度だった。昭和期に向かって、不安と失望と無関心を呑み込む新しい社会統制と国民統合が進む。また震災後の復興需要という要因もあり、日本の輸出入収支は国際競争力の弱い鉄鋼・機械の輸入増などで巨額の入超を記録し、国際収支悪化問題が深刻化する。そのいっぽうで、新感覚派の横光利一がその急速な機械化を文学の創造契機としたように、震災後にはラジオ放送（大正一四年開始）や自動車や地下鉄（大正一六年開通）をはじめとした機械化の急激な進展がみられた。そして大正一四（一九二五）年創刊の大衆雑誌『キング』や翌年以降に大規模広告の成功とともに流行した円本、あるいは郊外電車沿線における文化住宅の展開など、都市部では大衆社会がさらに成熟していく。要するに、大正期の理想主義は結局のところ現状打破の力を強くもちえなかったわけだ。

こうした社会的・政治的・経済的な動きに沿うように、「生命」の語も当初の思想的有効性を失い、しだいに東洋的悟達の意味と重なっていく。生命主義的潮流もその批判対象だった近代的国家制度に結びついていく。こうした一連の流れのうちに理想主義的な「超越」が現実主義的な「適応」に回収され、その批判力を失う。大正時代を代表する『白樺』や小牧近江・金子洋文・今野賢三らの『種蒔く人』（大正一〇年創刊）などの文芸誌が震災を機に廃刊されたのは象徴的だろう。

このように、大震災は一自然現象としての影響にとどまらず、人為的な諸事件をまきこんだ。その結果として理想主義的な「超越」の社会的傾向は弱体化し、人びとの社会不安と失望と無関心が拡大した。

「適応」「超越」にたいする「自省」——大正後末期における目的喪失の気分

こうした大正後末期の社会的・文化的状況のもと、知識人層や青年層を中心に空虚的な目的喪失の感性が拡大した。(31)

まず、大震災後の気分を先取りするかのように、ダダイスト文学者の武林無想庵は『性慾の触手』(大正一一年)で、同じく高橋新吉は『ダダイスト新吉の詩』(大正一二年、編者・跋文は辻)で、それぞれ目的喪失の気分を自嘲気味あるいは自棄的・軽蔑的に表現していた。ダダイズムは一九一六年にスイスの詩人T・ツァラがおこした一切の既成価値を否定する芸術運動だが、日本では大正九(一九二〇)年八月の『万朝報』で批判的に紹介された。ダダイズムは第一次大戦の落とし子だった。高橋はその記事を郷里の愛媛県八幡浜で読み、強烈な印象を受ける。ダダイズム特有の反宗教・反体制的な視点をもたなかったこともあり、震災後の大正一三(一九二四)年には小説「ダダ」をもって高橋はダダイズムを捨て、禅に帰依する。

また、「枯れて行くコスモス見れば涙ぐむわれの心もまた枯れて行く」「ちらちらと風もないのにコスモスの散るのは寂し秋の夕暮れ」と歌い、大正一四(一九二五)年に鉄道自殺をした長野県の女学生・清水澄子の手記『ささやき』(一九二六年)もよく知られる。『ささやき』は自分なりの「生」を追求しつつ、それが「得てしまえばなんでもない」ものにも反転してしまう目的喪失の感性をストレートに表現した。日本全国の女学校で教師にかくれて回し読みされ、初版から八ヶ月で九〇版に、さらに昭和一二(一九三七)年には三〇〇版にもなるほど、大正末期以降の青年層の心を捉えた。

さらに、大正一五(一九二六)年に童話作家宣言をして小説の筆を絶った小川未明は、その最後の小説「君は信ずるか」(大正一五年)を辻・新居格・吉行エイスケらの雑誌『虚無思想』創刊号に掲載した。この短編は童話の世界に入った小川のイメージから程遠く、後味の悪い絶望感を殺人というテーマをとおして淡々と表現したものだ。当時の小川は強い懐疑に陥っており、人間性の不信という感傷性を表現した。

社会現象として把握できるこうした目的喪失の感性の共有（＝気分）は、秩序・価値への現実主義的な「適応」とも理想主義的な「超越」とも異なる。[32]だが他人に向けた何らかの表現行為をおこなっている以上、作者としての辻・武林・高橋・清水・小川らがもつ目的喪失の感性はたんなる無気力とも違う。[33]同じことは共感をもって受けとった読者の側についてもいえる。目的喪失の感性が共有されるこうした気分は一つの社会的反応とみることができる。

すでに明治後期において、人道主義的なキリスト教を起点とする超越的要因の影響と現実主義的な世俗化が進んだ影響とによって——社会的傾向とはとてもいえない萌芽的・部分的なものではあるが——自省的要因となる文学的感性が、超越的要因から派生していた。キリスト教に影響を受けたロマン主義文学から派生し、再帰的な自己表象と現実暴露をさまざまにおこなった自然主義文学の一部がまさにそれだった。この文学的感性は日露戦争後の目的喪失の社会状況をも捉えていた。実際に白鳥は、目的喪失の社会的気分を先駆的に描いた『何処へ』（明治四一年）などの自然主義作品によって文壇に登場する。

大震災後に急激な変容をみせた社会状況のもとでは、社会主義思想を通過した知識人層が現実主義的な「適応」にすんなり従うわけにもいかず、かといって理想主義的に何かを強く信じることも難しくなっていた。理想主義的な「超越」のもとで現実に対処することが、一部の知識人層にはもはや絶望的なものに思われたのだ。[34] こうして細々と続いていた目的喪失の気分が急激に強まり、社会的に拡大していく。大震災は「自省」の反応が強化・拡大する大きなきっかけとなった。

本書は、大正後末期の文化にみられた目的喪失の気分の広がりを、社会的傾向としての「自省」の反応による現象だとみる。むろん文学者といえども社会生活をしているので、何かから完全に逃げ出すことなど不可能だ。この時期における一部の個人的諸主体が「適応」も「超越」もある程度内面化させつつ、懐疑的な「自省」のもとで反応したとみたほうがよい。だからこそ、当時の社会的傾向にあわせて練り直された「近代的自我」を社会秩序・価値への「適応」のもとで確立していくことにも距離をおき、当時の諸問題を理想主義的な「超越」のもとで解決していくことにも距離をおき、それらからなんとか逃げ出そうとする主観的な懐疑的反応が可能となる。それは「ひとつ」への強制・拘束から逃げ出そうとする反応である。

文化における「自省」の反応——生命主義の変容

大正後末期の文学者にみられた「自省」を具体的に確認しよう。Ⅰでみたとおり、ある程度成熟した社会における文化の自省的機能は、理論的には超越的機能から派生する。実際にも、大正後期以降にその派生的変化を確認できる。理想主義的な「超越」を担っていた生命主義潮流がその一部において変容をみせ、「自省」の様相をもつようになるのだ。[35]

まず震災以前のものとして、文化主義の思想的変容があげられる。大正デモクラシー運動を背景として、新カント学派の影響を強く受けた哲学者の左右田喜一郎や桑木厳翼による文化主義は、現実主義的な社会統制をめざす官僚主義・保守主義・軍国主義へ数多くの強烈な批判を展開していた。超越的立場を採るそうした文化主義の根底には、ある種の文化的貴族主義ともいいうる理想的人格主義があった。大正期には、「超越」の傾向と人格とが生命観念を介して結びついていた。文化主義もまさにその現れだった。ところが、そうした文化主義を受けついだ哲学者・評論家の土田杏村は「死と接した生」による悲哀を表現する。

大正一〇（一九二一）年に出版された『文化主義原論』で、土田は「宇宙は一の生命である」としつつも、同時代の人びとの表情には生の影すらなくそこには死の表情のみがあると論じた。超越的な生命観念を介して成立していた文化主義が、大正後期に自我や生の賛歌から離れたわけである。こうした土田の文化主義には現実も理想も批判的に突き放すようなまなざしが表現されている。震災後に生の意味を反転させた清水の『ささやき』も、この発想と通底している。

つぎに、画家の竹久夢二による大震災後の観察記があげられる。大正一二（一九二三）年一〇月号の『婦人世界』は「大震災写真画報」と銘打たれ、関東大震災にまつわる写真五三点を掲載した。口絵を描いた竹久はこの号で「新方丈記」と題する震災印象記（九月一三日付）を書いた。竹久の観察は次のようなものだ。震災以来、郊外でさえ蝉も鳴かず蚊も出なくなり、犬や馬の死骸はあるのに世間で魔物だという猫の死骸は見かけない。東京の若い女性も、喪中の未亡人のようにする必要が全くないのに、命をとりとめてすべてを失った者においてはすべての欲までもなくなったように見える。同年九月から一〇月にかけて『都新聞』に連載された「東京災難画信」でも竹久は同様の報告をする。被服廠跡の悲惨な死体の山で血の気の多い男たちがもがき苦しんだ後の姿を発見し、「相撲取りらしい男は土俵の上で戦つているやうに眼に見えぬ敵にあらん限りの力を出した形で死んでゐる」と描く。また、浅草観音堂のおみくじ場に集まってただ一片の紙によって明日の命を占うしかない群集も描く。このように、竹久は生や生命を見出そうとしつつ、エネルギッシュな生命力が失われた死の世界をじっくり観察せざるをえない独特の悲哀を表現した。

さらには、詩人の金子光晴や小説家の佐藤春夫の作品にみられる、震災後の生命主義の変容があげられる。

金子は、大正一五（一九二六）年の『水の流浪』において、「およそ、疲労《つかれ》より美しい感覚はない」「生命とはかかる中性な水の感情、……憂鬱な波紋の上の波紋である」「灰色の岩礁に、感情はすべて死にはてた」（「……」は引用文のもの）と書き、豊かな色彩感が失われた「生命」を表現した。震災直前の大正一二（一九二三）年七月刊行の詩集『こがね虫』では「若さと熱禱の狂乱の刻を刻む」「虹彩や夢の甘い擾乱が渉ってゆく」といったエネルギーにあふれる表現を使っていたことから考えると、震災後に生命感の表現が一転したといえる。後に金子自身も「『水の流浪』は、『こがね虫』のおちぶれてゆくあわれな道すじであったが、僕の苦しさは、じぶんの落魄をじぶんで納得して甘受しなければならない仕儀になってゆく気弱さであった。そこに当時の芸術派共通の悲しみがあった」と回想している。金子は『水の流浪』で生命の悲哀を表現し、目標を失ったままに自己批判・自己懐疑をしたのだ。

佐藤は、大正一三（一九二四）年の『「風流」論』において、近代小説の「自我の紛糾」からの脱却を唱えた。そして自我を最小限にして自然と交感することで生まれる感興を「あれ」と呼んだ（傍点は引用文のもの、以下同じ）。佐藤はその感興を「沈黙と虚無とに近い」ものとして把握する。それは「人間の意志などといふものがそのなかに微塵もあつてはならない「或るもの」」だ。それは死を欲するような心理とは異なる。むしろ、疲れたひとが「無意識的に静止を思ふ瞬間」にそのひとの「人間的意思は影のように淡く」なることで現れる、「最小限度に於ての生の執着と生の享楽」にほかならない。要するに、「あれ」は自我を最小限にして「沈黙と虚無とに近い」生を味わうことだ。意思的行為とは対極的な「風流」の実質を論じた佐藤の『「風流」論』は、日本的なものすべてを修養的色彩に塗りつぶそうとした大正期の風潮への反対意見だった。つまり佐藤による生の捉えかたは、それまでの生命主義潮流特有の超越的理想主義とは異なる、新しい批判的反応だった。[36]

以上の諸事例では、超越的な生や生命観念に死や虚無のイメージを付与することで、新たな批判的・懐疑的営為がなしとげられている。生や生命観念のエネルギッシュな超越性を突き放す「自省」の反応が示されている。このように、大正後末期の文学者の一部では、「自省」の反応が「超越」を担っていた生命主義潮流から派生的に生じていた。大震災はその反応が強化・拡大する大きなきっかけだった。

五、考察

辻の「脱・自分」の特異性

少年期に辻とも武林とも面識があったエッセイストの山本夏彦によると、辻も武林もダダイストといわれたが本当のところはそんなものではなく、むしろ「何者でもなかった」人びとだった。彼らは野心も欲も人を凌ごうとする気もない、まったくの（ダダの人ではなく）「ダメの人」なのだった。[37] そうした辻が当時の目的喪失の気分と共鳴したことを具体的な言表で確認しよう。[38]

世の中が不景気で大多数の人達が困っているのに、自分がなんにもせずに毎日酒を飲んでアフラアフラしているように思われることはあまり愉快なことではない。しかし、私はそう思われても別段たいして苦にはならない。自分は夙に人生に対して「白旗」を掲げて生きている人間だからである。

人間の気持ちは浮雲のようだ。――なんにも考えたくないと思いながら、こんなことをいつでも考えているのだ。……

アナアキイなどという夢もどうやら醒めかけて来た。

自分がなぜアナアキストや、マルキストにならないかというと、自分はかれ等のように立派な「理想」を持つことが出来ないからだ。持つことが出来ないというより、持ち得ないからだ。

「全体、おまえはなにを信じているのか?」と、尋ねられたら、「さあ、先ず諸行の無常なことを信じて居ります」とでも答えるほか、私は今のところ進んで、「神」とか、「仏」とか、いうようなことばを持ち出して、兎や角したくないのである。

以上から、辻における「世界への自我の没入」からの揺り戻しを、本書は大正後末期の社会に特徴的だった「自省」の反応の現れだとみる。「自省」の反応がもっとも強烈に示された例として、次の言表があげられる。(39)

初めに神ありとか初めに言葉ありとかいう代りに私は初めにマチガイありといいたい。存在は物のマチガイだ。これでいいのだということを考えられますかね、どんな場合でも。

いまに――といっても何億年かの後だか先だかわからないが人間みんな一ぺんに眼を醒まして――なんのこった!――と叫ぶ時が来るにちがいない。自分の正体がほんとうにわかる時が来るのだ。
……そうして存在を紛失してしまうのだ。それが虚無の世界さ。

ここまでの論が妥当なら、辻の「脱・自分」の特異性は次の点にある。辻は霊魂という超越的な精神的地点をめざしながら現実主義的な社会秩序・価値を拒否するだけでなく、じつは同時に(生命主義潮流を含む)超越的なものへの到達をも避けた、ということだ。先にみた明治期キリスト教の動向からも理解されるように、辻のいう霊魂は明治・大正期の超越的なもの一般とある程度まで重なっている。辻の「外界から自己を離脱させようとする情動」(=「適応」の拒否)が「静止の不安」を介して霊魂への同一化願望を含む「世界への自我の没入」(=「超越」の反応)に接続されながら、「世界への自我の没入」の方向の先にある霊魂そのものにはけっして到達せず、その途中で正反対の方向へむかってくるりと揺り戻ったこと(=「自省」の反応)、すなわち「自省」の社会的傾向のもとで理想主義的な超越的観念に虚無的なイメージを付与することをとおして、辻はなんとか「適応」のみならず「超越」からも距離をおこうとしたのだ。その結果、浮浪生活の度に「世界への自我の没入」からの揺り戻しが発生して、辻は現実の文章執筆の生活に戻っていく。そして「脱・自分」の言説もそのつど生み出されていく。

このように、「脱・自分」の欲望を発動させた辻の思想構造はじつに複雑だ。辻の「脱・自分」には大正後末期の社会状況や思想潮流のもと、「適応」としての従属的統合へも「超越」としての観念的同一化へも「自省」の反応をするものが含まれていた。

本書の見解

一般には、揺り戻しを含む複雑なプロセスよりも、超越的な理想へまっすぐ向かうほうが理解されやすい。優柔不断にみえないぶん、知識人の性格や営為としても賞賛・評価されやすい。たとえば北村透谷の「内部生命論」は、ロマン主義文学者としてのストレートで力強い文章によって近代的な自我意識の目覚めに先鞭をつけたのみならず、生命主義思想の基本路線をも敷いたものだ。キリスト教から影響を受けた透谷は、自分の深奥にある生命を見出してそれを精神として感じることが重要だと考えた。「宇宙の精神即ち神なるものより」来たる「インスピレーション」が「人間の精神即ち内部の生命なるものに対する一種の感応」としてはたらくとみた。(40) 透谷においては、内部の生命によって現実社会を超えていくという理想主義的志向そのものが疑われることはない。透谷はその論争・恋愛・自殺もあって、現代でも著名な文学者だ。

それに対して、辻は瀬戸内晴美の小説『美は乱調にあり』(昭和四一年)や吉田喜重監督の映画『エロス+虐殺』(昭和四五年)などで大杉・伊藤とともに描写されてはいるものの、現代では比較的マイナーな文学者だ。超越的な理想性からの揺り戻しという反応も、前近代をひきずった日本人の反動・逃避だとみられるかもしれない。だがそうした捉えかたはどこまでも西洋近代を理想的前提とする、思想の価値をある方向に拘束した考えだ。実際には、辻は西洋文明の成果を充分に吸収し、大正後末期特有の社会的・文化的状況のもとで「近代的自我」の問題に反応した文学者だった。そして辻の読者層が存在したことからもわかるように、辻の反応が共有される社会的・文化的地平も開かれていた。

佐藤春夫が述べたように、辻は近代日本を象徴する人物であり、「陶酔を求めて終に陶酔し得ず、自我を追及して終に自我の覚醒を得なかった」文学者だった。[41] 辻は「近代的自我」や超越的な霊魂を確固たるものとして手に入れたのではなかった。明治後期から大正前中期にかけて形成・確立されつつあったそれらをいったん取り込んだうえで、自身の存在を精神的・身体的な「ひとつ」に拘束しようとしてくるそれらの刻印をすべて避けていこうと奮闘するという、いわば新しい「近代的自我」を胚胎させていた。辻の「脱・自分」には、「適応」および「超越」によって外的・内的に「ひとつ」に拘束しようとする当時の社会的・文化的諸契機にたいして、大正後末期の社会特有の気分と共鳴しつつ懐疑的になんとか距離をおこうとする「自省」の反応が含まれていた。

むろん現実として、日本社会における「自省」は強くなかった。たとえば、関東大震災後に流行したことばに「この際だから」というものがある。当初そこには物資の欠乏にたいして万事質素で簡略な生活で済まそうという反省的意識（＝「自省」の反応）が含まれていたが、結局は長続きしなかった。昭和期へ入って経済恐慌と戦争の時代に入ると、国家全体への適応的諸要因によって、単純な理想主義に陥りがちであった超越的機能とともに、自省的機能はますます抑制される。[42] 英米への参戦を聞くと日本の敗戦を予言して「センソーハンターイ」と公言し、将校の後をつけて「グンバツ、グンバツ」と罵声を浴びせても警察や軍人にとるに足らぬ人物として追求を免れたり、昭和一九（一九四四）年に東京のアパートの一室でひっそりとひとり虱にまみれて餓死したりした辻の姿も、当時の日本社会における「自省」のゆくえを象徴している。(43)

註

（1）辻まこと「解説」『辻潤著作集3　浮浪漫語』（オリオン出版社、一九七〇）、二六五―二六六頁。

（2）実際に、辻潤ファンの会も作られるほど、辻は理解ある知人や読者を得ていた。辻潤・玉川信明編『辻潤　孤独な旅人』（五月書房、一九九六）、二四八頁、および松尾邦之助編『ニヒリスト　辻潤の思想と生涯』（オリオン出版社、一九六七）、三二頁、九一頁、二〇四―二〇五頁を参照。また、『本の手帖44』（一九六五年）など辻潤の特集号雑誌もある。

（3）以下の説明は次の文献を参照。玉川信明『日本アウトロー烈傳1　放浪のダダイスト辻潤――俺は真性唯一者である』（社会評論社、二〇〇五）、三六―三九頁。井手文子『新装版　自由それは私自身――評伝・伊藤野枝』（パンドラ、二〇〇〇）、五五頁。伊藤野枝『伊藤野枝全集　下』（學藝書林、一九七〇）、四五四頁。倉橋健一『辻潤への愛――小島キヨの生涯』（創樹社、一九九〇）、二七―二八頁。三島寛『辻潤――芸術と病理』（金剛出版、一九七〇）、九八―九九頁。辻・玉川前掲書、二六一頁。

(4)「ふれもすく」大正一二年（第4巻、一〇一―一〇七頁）。以下同様に、辻のテクストを扱うさいには、タイトルと執筆年（不明年も多い）を示し、すべて辻潤『辻潤著作集』全6巻および別巻（オリオン出版社、一九六九―七〇）、辻潤・玉川信明編『辻潤――孤独な旅人』（五月書房、一九九六）、大沢正道編『虚無思想研究　上・下』（蝸牛社、一九七五）から引用する。

(5)「癡人の手帖」昭和六年（辻・玉川編前掲書、二二〇―二二一頁）。「こんとら・ちくとら」大正一四年（第1巻、一九五頁）。

(6)「浮浪漫語」大正一〇年（第3巻、二三頁）。「いずこに憩わんや？」昭和一〇年（第2巻、序文）。

(7)「価値の顚倒」執筆年不明（第3巻、五四頁）。

(8)「のっどる・ぬうどる」昭和六年（第2巻、一八四頁）。

(9)「萩原朔太郎の手紙」執筆年不明（大沢編前掲書、下・二二二頁）。「のっどる・ぬうどる」昭和六年（第2巻、一八三―一八四頁）。「錯覚自我説」執筆年不明（第2巻、二八頁）。

(10)「こんとら・ちくとら」大正一四年（第1巻、一九五頁）。「価値の顚倒」執筆年不明（第3巻、五五頁）。「おうこんとれいる」執筆年不明（第2巻、六一―六二頁）。

(11)「自分はどのくらい宗教的か？」昭和九年（第2巻、七九―八〇頁）。

(12) 松尾編前掲書、一〇二頁。

(13) 板垣哲夫『近代日本のアナーキズム思想』（吉川弘文館、一九九六）、一六七―二〇四頁。

(14)「いずこに憩わんや?」昭和一〇年(第2巻、序文)。「浮浪漫語」大正一〇年(第3巻、二四―二五頁)。
(15)「癡人の手帖」昭和六年辻・玉川前掲書、二二〇頁、二二三頁。
(16)以下の説明・引用は次の文献を参照。三島前掲書、六九頁、一八三―一八四頁、二〇九頁。
(17)「ふあんたじあ」大正一〇年(第3巻、一九三頁)。「おうこんとれいる」執筆年不明(第2巻、六二頁)。
(18)「自分はどのくらい宗教的か」昭和九年(第2巻、七九頁)。玉川前掲書、五八―五九頁、七三頁。
(19)中村雄二郎『現代日本思想史　第4巻　明治国家の秋と思想の結実』(青木書店、一九七二)、三八頁、四六頁。
(20)「自分だけの世界」大正一〇年(第3巻、三二―三九頁)、「サンふらぐめんた――ダダは深く沈む」大正一四年(第2巻、四九―五一頁)。
(21)自然主義文学における自己暴露が辻の「脱・自分」を導いたと考えるむきもあろう。辻の感性への自然主義文学の影響は大きい(「自分だけの世界」大正一〇年、第3巻、三四頁)。しかしながら、幸田露伴や泉鏡花をも好んだ辻の文学的感性と当時の自然主義文学とのつながりについては、従来の研究ではまだ明らかになっていない。また、辻はシュティルナーからも強い影響を受けたが、一切の虚偽的なものを拒否する「唯一者」の思想が直接的に辻の「脱・自分」として展開されたと即断することも難しい。辻の「脱・自分」は虚偽的なものではないはずの超越的なものすら拒否したからだ。折原脩三『「老いる」の構造』(日本

経済評論社、一九八〇)、一六二―一六九頁も参照。

(22) 板垣前掲書、一九八頁。

(23) 玉川前掲書、三六四―三八四頁。辻の流浪史は http://www.geocities.co.jp/WallStreet-Stock/2243/TJ_Hibiki/Index.html#Chrono (二〇一七年九月二六日取得)も参照。

(24) 「浮浪漫語」大正一〇年(第3巻、二四―二五頁)。

(25) 以下の説明は次の文献を参照。磯前順一『近代日本の宗教言説とその系譜――宗教・国家・神道』(岩波書店、二〇〇三)、四〇―四四頁、一四四頁。Jansen, B. Marius (ed.), 1965, *Changing Japanese Attitudes Toward Modernization*, Princeton Univrsity Press.(=一九六八、細谷千博編訳『日本における近代化の問題』岩波書店)、訳書二四二頁。Pyle, Kenneth B., 1969, *The New Generation in Meiji Japan: Problems of Cultural Identity, 1885-1895*, Stanford Univrsity press.(=二〇一三、松本三之助監訳・五十嵐暁郎訳『欧化と国粋――明治新世代と日本のかたち』講談社学術文庫)、二三―二四頁。森岡清美『明治キリスト教会形成の社会史』(東京大学出版会、二〇〇五)、三一九頁。久山康編『近代日本とキリスト教〔明治篇〕』(創文社、一九五六)、二〇五頁。隅谷三喜男『日本の社会思想――近代化とキリスト教』(東京大学出版会、一九六八)、二七九頁。同『日本の歴史22 大日本帝国の試煉』(中公文庫、一九七四)、二二四―二二五頁。

(26) 以下の説明は次の文献を参照。隅谷三喜男『日本の社会思想――近代化とキリスト教』(東京大学出版会、一九六八)、一五頁。西田毅・和田守・山田博光・北野昭彦編『民友社とその時代――思想・文学・ジャーナリズム集団の軌

跡』（ミネルヴァ書房、二〇〇三）、五頁、一三六頁。『近代日本思想史講座Ⅵ　自我と環境』（筑摩書房、一九六〇）、五五頁、七〇頁、八四頁。久山編前掲書、一〇九頁。宮川透・土方和雄『現代日本思想史　第2巻　自由民権思想と日本のロマン主義』（青木書店、一九七一）、一三八―一三九頁、一五二頁。小田切秀雄『北村透谷論』（八木書店、一九七〇）、九頁。

（27）北村透谷・勝本清一郎校訂『北村透谷選集』（岩波文庫、一九七〇）、二七七頁。

（28）以下の説明は次の文献を参照。船山信一『大正哲学史研究』（法律文化社、一九六五）、一五頁。平石典子『煩悶青年と女学生の文学誌――「西洋」を読み替えて』（新曜社、二〇一二）、一六―二八頁。隅谷前掲書、四一―四二頁。久山編前掲書、一四七―一四八頁。鈴木貞美『「生命」で読む日本近代――大正生命主義の誕生と展開』（NHKブックス、一九九六）、一〇四―一一九頁。

（29）以下の説明は次の文献を参照。作田啓一『価値の社会学』（岩波書店、一九七二）、二三一―二三二頁。西田・和田・山田・北野編前掲書、一一二頁。

（30）以下の説明は次の文献を参照。北原糸子『関東大震災の社会史』（朝日選書、二〇一一）、三頁、一〇頁。今井清一『日本の歴史23　大正デモクラシー』（中公文庫、二〇〇六）、四二九―四四二頁。安田浩『大正デモクラシー史論――大衆民主主義体制への転形と限界』（校倉書房、一九九四）、三八―四一頁、二六六頁。今井清一編『日本の百年6　震災にゆらぐ』（ちくま学芸文庫、二〇〇八）、三八七―三九一頁。井上俊『悪夢の選択――文明の社会学』（筑摩書房、一九九二）、九一頁。湯沢擁彦『大正期の家族問題――自由と抑圧に生きた人びと』（ミネルヴァ書房、二〇一〇）、一〇七頁。三和良一『概説日本経済史近現代［第3版］』（東京大学出版会、二〇一二）、一〇四頁。鈴木貞美編『大正生命主義と現代』（河出書房新社、一九九五）、一〇二頁。

（31）以下の説明は次の文献を参照。大岡昇平・平野謙・佐々木基一・埴谷雄高・花田清輝編『新装版　全集・現代文学の発見　第1巻　最初の衝撃』（學藝書林、二〇〇二）、一六四―一二〇頁、六〇七―六〇八頁。高橋新吉『ダダイスト新吉の詩』（日本図書センター、二〇〇三）、三〇〇―三〇二頁。清水澄子『ささやき』（勉誠出版、二〇〇二）、二一八―二二〇頁、二七四頁。今井清一編『日本の百年5　成金天下』（ちくま学芸文庫、二〇〇八）、三〇四―三〇六頁。

（32）清水澄子は「虚無」という作品で、「死を選ぶには今の私の心はあまりに弱すぎる。死ということを、あんなにまで美的に考えたころがなつかしい。私には超越するということも出来ないらしいと近頃つくづく思う。それは、ある一部のことには超越できても、毎日の生活全部はどうしても超越することはできない」と書いている（清水前掲書、八頁）。

（33）次の言表を参照。「自分が真に考え、感じていることだけを書いてみたい、それが他にどんな影響を及ぼそうとそんなことを考慮に入れずに、思うままのことを書き散らしてみたいものだ」（「こんとら・ちくとら」大正一四年、第1巻、一八九頁）。「私はただ自分の興味を感じた外国の書物を訳し、自分の考えや、感じを出来るだけ率直に表現してきたばかりである。私はそれが決して世の中の多数の人々を喜ばせるとは最初から信じてはいなかった。しかし、ただ自分と同じような稟性を持つ人だけには興味を与えることが出来るという位の自信はあった。……私はニヒリスチックに現代を肯定して生きている人間だ、勿論、肯定せずには一日だって生きていられる筈はない」(「にひるの漚」昭和二年、第4巻、一七一―一七五頁)。

(34)「死の都よ！／お前はみんな亡くしてしまった、よいものも悪いものも……」(／は改行。「……」は引用文のもの)で始まる、表現主義の戯曲家・詩人である秋田雨雀が震災直後に書いた詩「死の都」では、独特の批判的感情表現がなされている。「お前の市民達は長い間余りに無智で思ひ上がつてゐた。／戦勝がつゞいた。／富が集積された。／……お前を滅ぼしたものは、お前自身の運命なのだ。／……余りに惨しい犠牲ではあるが、私達は涙を飲んでお前と別れなければならない！／さやうなら！／死の都よ！」とうたうこの詩は、単純な天譴論と程遠い。これは冷酷に目の前の現実を捉えた感情表現であり、現実主義的にも理想主義的にも何かを強く信じることがすでに難しくなった悲痛な自覚であった。小山内時雄・藤田龍雄編『秋田雨雀詩集』(津軽書房、一九六五)、一八八―一九〇頁を参照。

(35)以下の説明・引用は次の文献を参照。生松敬三『現代日本思想史　第4巻　大正期の思想と文化』(青木書店、一九七一)、八九―九四頁。竹田純郎『モダンという時代――宗教と経済』(法政大学出版局、二〇〇七)、六八―六九頁。土田杏村『土田杏村全集　第二巻』(第一書房、一九三六)、二八一―二九〇頁。山口和宏『土田杏村の近代――文化主義の見果てぬ夢』(ぺりかん社、二〇〇四)、一三三―一三九頁。北原前掲書、四〇―四五頁。竹久夢二「東京災難画信」『夢二と花菱・耕花の関東大震災ルポ』(クレス出版、二〇〇三)、六頁、一六

頁。鈴木前掲書、二二七―二二八頁。金子光晴『ちくま日本文学全集　金子光晴』(筑摩書房、一九九一)、一三頁、一七―二二頁、二八三頁。佐藤春夫『定本　佐藤春夫全集　第19巻』(臨川書店、一九九八)、二二六―二二七頁、二二六頁、二三一頁。谷沢永一『大正期の文藝評論』(中公文庫、一九八九)、二四四頁、二四七頁。

(36)日本近代文学研究の中島国彦も、佐藤の作品分析をとおして、生命観念の背後にひそむものへの佐藤の凝視に注意を促している。鈴木貞美編『大正生命主義と現代』(河出書房新社、一九九五)、一七三頁を参照。

(37)山本夏彦『無想庵物語』(文春文庫、一九九三)、一四頁。

(38)「おうこんとれいる」執筆年不明(第2巻、五八頁)。「こんとら・ちくとら」大正一四年(第1巻、一九七頁)。「のっどる・ぬうどる」昭和六年(第2巻、一八三頁)。「自分はどのくらい宗教的か?」昭和九年(第2巻、八三頁)。なお、「おうこんとれいる」は執筆年不詳であるが、この文章が収録された『癡人の独語』(昭和一〇年)は基本的に昭和初期の文章が収録されている。したがって、おそらく「おうこんとれいる」は少なくとも大正末期以降から昭和前期の文章ではないかと推測される。

(39)「こんとら・ちくとら」大正一四年(第1巻、二二〇頁)。

(40)北村・勝本前掲書、二八五頁。

(41)松尾編前掲書、三八頁。

(42)南博編『大正文化』(勁草書房、一九六五)、三五五頁。井上前掲書、九七―九八頁。

(43) 辻・玉川編前掲書、二五七頁、二六五―二六六頁。

正宗白鳥、大正 15 年 2 月（『正宗白鳥全集』第 12 巻、福武書店より）

V

正宗白鳥の「脱・自分」

明治・大正・昭和にわたって小説や評論やエッセイを書き続けた正宗白鳥（一八七九―一九六二）は、謎めいた文学者だ。キリスト教を棄ててその悪口を言い続けたのに、臨終時に「アーメン」と言った事実などは有名だ。白鳥の謎に迫りたい読み手の思いも強く、研究書や評伝が数多くある。(1)代表作に『何処へ』『入り江のほとり』がある。

本章では白鳥の「つまらなさ」について考察する。倦むことなく白鳥が書き続けた「つまらない（詰まらない）」という言表に、「脱・自分」としての否定的な自己意識を読み込むことができるからだ。

一、白鳥における「つまらなさ」

ニヒリストという理解

文芸批評家・島村抱月の指導で書かれた明治三四（一九〇一）年『読売新聞』掲載の「鏡花の注文帳を評す」以来、伝統や権威への破壊的批評を書くことで、白鳥は有力な批評家として出発した。(2)文学新聞であった『読売』の文芸記者としての位置とその批判的評論によって、明治三八（一九〇五）年には自然主義作家の集まりである龍土会に参加していた。

その後、白鳥は自然主義文学の旗手として注目される。明治四一（一九〇八）年『早稲田文学』発表の、日露戦争後の知的青年像を描写した『何処へ』が初期の代表作だ。白鳥の文章には、つねに宗教や社会道徳の否定・無価値化が冷淡に盛り込まれている。そのため、

「自然主義的凡俗主義と東洋人的虚無主義の奇怪な混血児」といった認識のもと、白鳥はニヒリズムの文学者として理解された(3)。

白鳥の精神と芸術性が成熟したのは大正期だ。白鳥とニヒリズムの問題も大正期に入って何度もとりあげられ、「ニヒリストの正宗白鳥」(小島徳弥「文壇百話」大正一三年)「正宗白鳥のニヒリズム」(浅見淵「文藝春秋」大正一三年)といったタイトルもあった。とはいえ白鳥は、青年期で獲得したものの見かたや考えかたから生涯離れることなく、「陳腐といわれ、時代遅れといわれ、何といわれようと臆することなく、ずけずけと自分の考えを述べ続けた」作家だった。

「つまらない」

ニヒリストの名にたがわず、白鳥は生涯にわたって繰り返し「つまらない(詰まらない)」という言表を書き続けた。大正期あたりの例をあげてみる(4)。

感興を以つて仕事を遣ることが出来ないと云ふのは自分の性で、単に小説のみではない。新聞をやるのでも、他の事をしても、些つとも深い興味が起らない。殆ど無意味に堪へぬ。然し、詰まらん詰まらんと思ひながらも、……生きて居る間は何か遣らねばならぬと云ふ、一種の本能の為に余儀なく働いて居る。

私ははじめて創作の筆を執つてから二十年になる。今から顧みても、詰まらないものばかり書いて来たやうに感じる。物を書いて痒い所に手の届いた気持のしたことは一度もなかつた。

白鳥の「つまらなさ」は自覚的なものだった。それは白鳥独特の自己意識でもあった。それが白鳥の重要な問題点である証拠に、第一小説集『紅塵』（明治四〇年）の序文ですでに「何時の間にか宗教心も消滅し、世の中の事は何もかもつまらなくなつてしまつた」（傍点は引用文のもの）と書いていたことがあげられる。[5] 次の言表にみられる、人生の大半を過ぎたあげくに漏らされた文学への「それつきりか」という思いなども、「つまらない」という実感の表れだった。[6]

芸術至上主義ではない私は、小説を読みながらも、人生の行方を知らうとか探らうとか云ふ気持は絶えず持つてゐた。無意識のうちにも、文学の行方を人生の行方として見詰めてゐたのであらう。……詰まり、文学にはそれだけの力はないのか。……世相人情を知ること、日常の生ける苦しみ、生ける喜びを知ること、それぞれに小説的面白さはあるにはあるが、それつきりかと、今日の私には思はれるばかりである。

白鳥研究や伝記のうち、こうした「つまらなさ」に焦点をあてた論考は少ない。まずは、

「つまらなさ」の解釈につながる数少ない論考をとりあげて検討したい。

精神的彷徨と非 - 自己限定

日本精神史・倫理学の竹内整一は近代日本文学におけるニヒリズムと自己超越を扱った論考で、白鳥の「つまらなさ」の論究を正面から試みた(7)。

「従来の形式」は凡て古く、しかも「新方針新理想」が見つからぬという彷徨が「懐疑的虚無的」感性を生むのである。ここではそれが「つまらない」ということなのである。

……単調で陳腐な日常性の閉じ込められた空間の中に、退屈し嘆息しながら「生きてらあ」と言えるような生活を求めて求めえない「つまらなさ」、それが白鳥の「ニヒリズム」なのである。

竹内によれば、白鳥の「つまらない」という虚無的感性は旧形式への否定・懐疑だけから生じるのではなく、時代の「新方針新理想」を求めたうえでそれでもなお見つからないという、新しい歴史的・社会的な問題としての精神的彷徨からも生じていた。文学者でキリスト教徒でもあった白鳥にとって、それは文学的・宗教的な人生問題でもあった。白鳥の精神的彷徨には、自分が現実に生きている意味を現実吟味によって自分自身で確認する、いわば再帰的に「自己限定」をするきっかけがないという特徴がある。一般に、ひとの行動や発想の可能性は、人生問題においてもある程度の範囲や規模に限定されていよう。だが白鳥においては外からの刺激や影響をきっかけにした自己限定が生じえず、自分の可能性が可能性のまま無傷で残ってしまう。そうして無限にふくらむ可能性が現実から遊離する。

白鳥の「つまらなさ」とは、希求している理想的境地がなお見つからないという精神的彷徨から発生したものだ。その精神的彷徨は、観念的な理想によって肥大した可能性が目の前の現実そのものから乖離するという、自己限定のなさをも導く。以上から、白鳥における「精神的彷徨」と「非 - 自己限定」という論点を摘出できる。

理想探求方法の不在

いっぽう、ドイツ文学研究の手塚富雄は、白鳥の懐疑が「ない、ない」といつも繰り返しているだけだったことに着目し、結論としての「ない」がじつは方法としての「ない」の裏返しであると解釈した。(8) 手塚は、白鳥の文章が「事実に即して、ありのままに語っているように見えるばあいでも、常に観念につらぬかれている」と白鳥の強い観念性を指摘し、そこに理想探求のための現実のプロセスがなかったことを看破する。白鳥は理想的なものを求めるが、その求めかたがどこまでも観念的な思考にすぎないために、自身の切実な問題を現実的な次元に落とし込まないのだ。

手塚によれば、文学的にせよ宗教的にせよ、白鳥が求める理念にあるのは「まず無欠完璧のもの」だった。白鳥は「「ほんとうの人生」という結構なものが、客体としてあって、それがどこかにひそんでいるのかも知れない」と、まるでイデアのようなものを求めていた。だがその理想である「ほんとうの人生」への希求じたいは強烈なのに、「それに対する自分の求め方ということは、いつも少しも問題になっていない。そしていつも「ない、ない」と繰り返している」。宗教的な神とのかかわりにしても「神と彼自身とのかかわりあいに、その存非、または顕示の問題がある」はずなのに、そちらへは白鳥の思考が向いていかない。

手塚はこのように、結論だとみえてしまう白鳥の「ない」がじつは白鳥の懐疑的・虚無的な感じかたの大きな要因になっていたと論じる。白鳥における現実的な方法の不在を衝いたこの解釈は、白鳥の理想追求が虚無的な「つまらなさ」となっている根拠を示唆する。無欠完璧な「ほんとうの人生」という観念的な理想的境地は求めるのにその探求方法にはまったく思考を向けえないという傍観者的視点は、白鳥の「つまらなさ」をつかむ重要なポイントだ。以上から、白鳥における「理想探求方法の不在」という論点を摘出できる。

「つまらなさ」の理解のために――部分的再解釈の必要性

竹内と手塚の解釈は大筋で妥当だ。だがそれぞれにまだ解明すべき点もある。まずは、竹内の示したように白鳥が観念的な理想的次元を求めていたのは認められるが、はたしてそれは実際的な旧（「従来の形式」）／新（「新方針新理想」）という歴史的・社会的な視点から理解し尽せるものなのか、という点だ。つぎに、手塚の示した傍観者としての（＝現実的な自分の改変に向かわない、その方法をもたない）白鳥の自己意識は精神的・内面的な安全圏にじっとしている印象を与えるが、はたしてそれは白鳥の精神のリアリティに迫っているものなのか、という点だ。

本書の考えでは、二つとも否である。竹内と手塚の解釈には部分的再解釈を補う必要がある。

二、理想的次元と「死の恐怖」

ロマン主義の残滓(1)――明治四〇年前後の状況

まず、白鳥にとっての理想的次元を論じる。それには、歴史的・社会的な位置づけをふまえた「ロマン主義の残滓」とでも呼びうる文化史的な論点から出発するのが有効だ。ロマン主義とリアリズム・自然主義とを截然と分けるような文学史理解は事実に反しており、国木田独歩・島崎藤村・岩野泡鳴などを例として、代表的な自然主義文学者の多くはロマン主義文学の落とし子だった(9)。

ロマン主義の定義は多岐にわたるが、一九世紀前半の西洋社会全体に花ひらいた幅広い精神的・知的運動の複合的現象だとみてよい。それは近代合理主義への攻撃をきっかけとした、矛盾性・不協和性・内的分裂を特徴とする自己探求や非理性的機能や想像力の強調として出現した(10)。日本社会では、明治二〇年代以降にキリスト教の影響を強く受けつつ、西洋文学が近代的な自我意識を目覚めさせるものとして、知識人層を中心に内面的に摂取された。その自我意識も文学を自身の表現手段とした。近代的な自我意識の強調は、当然ながら社会や世間との軋轢を意識させる。そして明治二七（一八九四）年に自殺した北村透谷にみられるように、近代的な自我意識の独立や成長をはばむ社会や世間をまえに若い知識人層は苦悩し、そうした状況への文学的な突破口が探られる。

ところが明治三〇年代以降の自然主義文学の確立期になると、しだいに文学者たちの「近代的自我」が形成されはじめてきたこともあり、ロマン主義文学の努力も受けつがれる必要がなくなってくる。島崎藤村の『破戒』（明治三九年）や田山花袋の『蒲団』（明治四〇年）など、自然主義文学が旧慣的なイエ制度や世間への批判力をもったのも日露戦争（明治三七〜八年）後の明治四〇年ごろまでだった。[11] キリスト教を起点とする超越的要因の影響下にあったロマン主義文学の内面的自我意識は、現実主義的な世俗化による「適応」のもとではもはや建設的批判性を持続できなくなったのである。

いっぽう、萌芽的なものだったが、この明治四〇年ごろには超越的要因から派生した自省的要因となる文学的感性が生まれてくる。キリスト教に影響を受けたロマン主義文学から派生し、再帰的な自己表象と現実暴露をおこなった自然主義文学だ。現実暴露的に作品を書き続けることになる白鳥が自然主義作家として認められたのも、明治四〇（一九〇七）年をすぎたころだ。登場時からその文学に建設的批判性がなかった点は、右の動向と重なっていた。国木田独歩が「号外」（明治三九年）という小説で日露戦争の戦時報告号外を読むことに生きがいを感じる人物をとおして描いたように、ポーツマス条約（明治三八年）後の虚無感や落胆が日本社会に広がっていた。[12] 大杉や西川光二朗・山口義三らが検挙された日比谷電車賃上げ反対市民大会（明治三九年）や翌年の鉱山労働者による足尾銅山暴動事件など、積極的な批判は社会主義運動のほうで展開される。

こうした文化的状況の背景となっている明治四〇年前後までの歴史的・社会的状況を、簡単に確認しておこう。

周知のとおり明治三〇年代は、日清戦争後の三国干渉（明治二八年）などの結果として、国家体制・軍事体制・植民地支配が強力に固まりつつあった。明治三四（一九〇一）年には八幡製鉄所も操業を開始し、産業化や資本主義化や都市部への人口増加が進む。だがその一方で、近代的精神をもつ個人が封建的なイエ制度の影響が残る日本社会へなかなか根づかない、という中途半端な状況にもあった。[13]

明治三六（一九〇三）年には、旧制第一高等学校生・藤村操の華厳の滝への投身自殺が知的青年層に中心に衝撃を与える。翌年の日露戦争から明治四〇年前後の時期には、「英獅露鷲」「臥薪嘗胆」が消え失せた戦争勝利後の困難な国際関係や近代化の達成とみえたものに潜む複雑な内部矛盾といった、日本の文明化や産業化や国家主義体制の裏にあったマイナス面が個人・社会・国家レヴェルで内に向かって次々と暴かれてくる。[14] 日露戦争後の賠償問題に不満をもった民衆が暴徒化した日比谷焼討ち事件（明治三八年）なども、そうした面をもつ。この事件の翌日には東京に戒厳令が施行され、それが約四か月も続く。明治三六

（一九〇三）年から幸徳秋水や堺利彦を中心に『平民新聞』を発刊して社会主義者センターの役割もはたしていた平民社も、同年十月に二年間の活動を終了して解散する。その一方では国内の産業構造が急速に転換し、株式市場が発展して成金も生まれ、日本経済が恐慌を経るたびに、従来からの鉱山業・海運業・貿易業のみならず、ビール業・製糖業・製紙・人造肥料・製麻・マッチなどの諸産業においても財閥が独占を成立させた。

こうした社会には無力感がひろがり、それは「現実暴露の悲哀」（長谷川天渓）とも呼ばれ、企業熱・投機熱が乱舞しつつも、自殺者数が増大する。政府は日露戦争以来の公債負担と軍事費の増加による財政難に悩み、戦時中の非常特別税が恒久税に繰り込まれ、塩・酒などの課税は増加する。不況は大正時代に入っても明ける見通しがなかったために「くらやみ不況」とも呼ばれ、あちこちの企業でストライキが生じた。第二次桂太郎内閣（明治四一〜四四年）は非募債・非課税・国債償還を基本方針とする財政緊縮・公債整理政策をうちだし、この基本方針は第一次山本権兵衛内閣（大正二〜三年）にまで引き継がれるが、鉄道・港湾設備・電信電話事業への産業的要求や韓国併合（明治四三年）などにともなう経費増加によって政策の実施が困難になっており、財政の行き詰まりは顕著だった。

こうした経済的背景のもと、激化する社会的な生存競争によってより早熟な社会的適応を強いられるようになった青年学生たちにとって、自殺と神経衰弱と近視眼が大きな問題となった。この時期には年々増大してきた結核死亡者数も社会問題と意識され、風紀を乱すいわゆる「堕落学生」が社会的に大きくクローズ・アップされる。停滞と無気力のムードが非常に濃厚な時期であった。わずかに徳冨蘆花の演説「謀叛論」(明治四四年)などの例外はあるものの、大逆事件直後の状況をみごとに捉えた石川啄木の「時代閉塞の現状」(明治四三年)が示したように、実行なき観照へと退いてしまった自然主義文学、および知的青年層がもっている内向的・自滅的傾向などは理想喪失の結果だった。自己主張の強烈な欲求といえども、それは「今猶理想を失ひ、方向を失ひ、出口を失つた状態に於て、長い間鬱積して来た其《それ》自身の力を独りで持余してゐる」ものでしかなかった。[15]明治末の神通力や千里眼などの異常な流行さえも、「適応」にたいする「超越」の社会的傾向といえるほどのものではなく、当時の疲労感や挫折感に根ざしたものだった。明治天皇の死(明治四五年)は国民や社会に大きな喪失感をもたらし、その疲労感や挫折感にさらなる追い打ちをかける。

ロマン主義の残滓(2)——否定的な内的観照への移行

ヨーロッパほどには強くなかった日本のロマン主義文学の精神は、明治中後期に形成されつつあった現実適応的な「近代的自我」の振幅の狭い領域をひたすら行きつ戻りつしていたものだった。[16]その後、封建的因襲を批判する個人的自覚と日露戦争後に高揚した国民的自覚とが合流し、その文学的精神がさらにその振幅を狭めていったことで、明治後末期の自然主義文学へ到達したのである。それは一定の批判精神をもちながら、結局は「適応」のもとにあるような「近代的自我」への文学的到達だった。明治期の主流であった西洋近代的価値への「適応」によるエリート層・知識人層の「近代的自我」とも異なっている。

こうした経緯によって、明治四〇年以後の文学者たちの自我意識は、自分自身を否定的・批判的・暴露的に追求する再帰的な内的観照に移っていく。白鳥の作品で確認しよう。『何処へ』（明治四一年）の主人公であり、やり場のない憂鬱を感じる都会の知識人青年・菅沼健次の描写は、同時代の知的青年層にみられた自己否定的な内的観照の一つだ(17)。

愛せられれば愛せられる程、自分には寂しくて力が抜けて孤独の感に堪へぬ。……苦しめられようと泣かされようと、傷を受けて倒れようと、生命に満ちた生涯。自分はそれが欲しいのだ。

健次は立ち上るのも物憂さうに、から考へてゐる中に、酒が醒めて夜風が冷たくなつた。彼れは主義に酔へず読書に酔へず、酒に酔へず、女に酔へず、己の才智にも酔へぬ身を、独りで哀れに感じた。

一座はそれぞれに異つたことを思つて、化石のやうに坐つてゐる。健次は張り詰めた気が弛んで誰かに縋りついて、自分の本音を吐《ふ》いて泣いて見たくなつた。「世界に取り残された淋しい人が一人ある。」と、自分が頼りなく厭になる

この内的観照は、もはや外的対象をもたなくなった否定性・批判性の意識が、ロマン主義的な憧れを残しつつも、内面性への探究心に引きずられて再帰的に現実の自分を否定する意

識に変成した表れだった。実際に、森鷗外からのロマン主義的影響を受けた白鳥の文学は、自然主義文学の隘路を示すものだったとも解釈できる。日本文学研究の片岡良一が述べたように、ロマン主義から出発した白鳥は「新たに教えられた自然主義的諦視をもって人生に触れた時、そのあまりに凡庸で愚劣なのに驚いた……何かもっといいものがあるはずではないのか、そう疑ってみた」。そのため白鳥には「人生の愚劣と人間の凡庸とに対する激しい憎悪」が生じた。[18]

ロマン主義文学のもつ超越的な理想主義の意識によって人間社会や人生の現実を観れば、自分自身をも含めた現実の「凡庸と愚劣さ」が浮かびあがるのは必然だ。前述した竹内の指摘をふまえると、白鳥の文学的出発点にあったのは、ロマン主義文学のもつ理想的意識から現実を否定的・批判的にみていくと同時に、自分自身で現実を改変したり建設的に何かを新しく創りあげたりする方針もわからないという、わりきれない心境だった。この心境は、救済としての死を望んだり虚無をかたく信じたりした西欧のロマン主義的ニヒリズムと違う。

以上、歴史的・社会的状況な位置づけをふまえた「ロマン主義の残滓」という文化史的な論点と、その結果として白鳥に現れた文学的な心境を確認した。ここまでは、先の旧／新という時代的観点からの理解が充分に可能だろう。

「絶対の基準」の予感

ところで、白鳥のように「つまらない」と繰り返し感じることは、その裏を返せば（一般的表現としては使われない語をあえて使うと）個人的主体が「つまる」もの・こと・ところを求めていることになると推測される。現実の生活をしながらそれを「つまらない」と書き続けることとは、現実的次元とは違った「つまる」もの・こと・ところのある理想的次元へ気持ちが向かっているはずだ。

もちろん白鳥の場合、それはあるところまでは具体的なキリスト教の信仰や宗教的文化、および文学の「オール現実以外の嘘の世界」というロマン主義的な空想世界だった。[19]もとより青年期の白鳥には、キリスト教への関心とともに新知識の吸収、海外への夢想、近代化への強い意欲という、明治期の知的青年層に広く行き渡った文明開化の志が「適応」の社会的傾向のもとに共有されていた。[20]

だが同時に、次のことも事実であった。白鳥は文学のような「作りごとではなくて、もう一歩進んだ世界をなにがいったい自分に見せてくれるか」を探り続けたが、自身が人生の最後まで言い続けたように、求めていた「ほんたうの人生」は「わからない」のだった。[21]宗教方面についても、途中経過としては確実にキリスト教を棄教し（明治三四年ごろ）、宗教が信じられないと何度も明言する。[22]白鳥の文章のどこを読んでみても、本当に求められた「つまる」もの・こと・ところは具体的で明確なことばで示されていない。

こう考えると、白鳥の精神には、理想として求めるものが具体的には何らつかまれていないにもかかわらず観念的には想定されつづけている、そういう面が確実にある。白鳥が理想とするものは、歴史的・社会的な旧／新という軸には位置づけにくく、文学的な空想世界やキリスト教の宗教的文化などとも異なる。こうした具体的なものが何ら示されていないような観念的超越性を、いったいどう説明できるのか。この点について、比較文学研究の大嶋仁の論が参考になる。大嶋はより宗教的な「永遠なる相」を重要視しつつ白鳥論を展開し、やや唐突にではあるが次のように述べた。(23)

> そうした批評精神がどうして維持できたのかといえば、白鳥にはつねに絶対の基準があったからである。……彼はその絶対の基準から、物事を判断したのである。
> ではその絶対の基準とは何かといえば、「この世のすべてを超えるものが必ず存在するにちがいない」という一種の確信である。(傍点は引用文のもの)

大嶋のいう「絶対の基準」とは、この世界を超越したものの存在を確信するという、きわめて抽象的かつ観念的な判断基準である。それはどこまでも白鳥個人にとっての観念的基準である。それは白鳥自身のテーマではあっても、もはや文学・芸術の領域にあるものではない。「文学も芸術も、有るに甲斐なきものとして消滅するのであらうが、それを徹底すると、文学芸術以上のものを感得するやうになりはしないか」という思いに白鳥は行き着いたのだ。(24)

本書は、白鳥自身の言表からも大嶋の論が妥当だとみて、「具体的な現実生活や空想的な文学世界や特定の宗教的文化などのすべてを超越するものが存在する」という思いをたんなる願望以上のものとして白鳥がもっていた、という見解を採る。ただし本書は、白鳥がその基準を「確信」しそれに拠って物事を判断したとまではいえないと考える。人生問題について無解決の自覚を強烈にもち続けた白鳥が、何かを確信的に了解した状態にあったとは考えにくい。[25] 本書では、白鳥の依拠しようとする基準があくまでも個人的主体の側から求め続けられるにとどまるものであり、予感的なものだったと判断したい。したがって大嶋の用語は引き受けつつ本書なりの判断を入れ、以下では傍点を抜いて「絶対の基準」と表示する。

白鳥の宗教性と「死の恐怖」

白鳥に宗教性や宗教心はあった。ただしそれは具体的なキリスト教の宗教的文化とは違う。次の言表はこのことをよく示している。[26]

> 私の著書に添へられた年譜などを見ると、私が学校卒業後キリスト教を棄つと記されてゐるが、キリスト教は兎に角、私が宗教を棄てると断定はされない筈である。……多年習ひ覚えた知識によつて棄てても、理屈で棄てゝも或ひは感情に由つて棄てゝも、からだの何処にか、宗教心らしいものが、もうもうと漂つてゐるのを如何ともし難い。……
>
> 「永遠の生命」と云ふやうな、上品な、深い意味のありさうな言葉を、私もいつの頃からか習い覚えてゐるが、その言葉の内容は的確につかむことは出来ないのである。……

永遠の生命と云ふのは、宗教心から起つた茫漠たる観念である。

では、「絶対の基準」を予感する白鳥の宗教性と現実のキリスト教の宗教的文化には、どんな距離があったのか。

そもそも明治期のキリスト教とは現実を克服する可能性と理想を獲得するための法則性を示す「人間解放の世界観」であり、精神世界の自立と普遍性をうちだす「斬新な社会観」でもある、時代に必要とされたロマン主義的理想だった。(27) その明治期のキリスト教がもたらす西洋文明への現実主義的な「適応」と新しい人間観・社会観としての具体的な理想性は、たしかに少年期から青年期までの白鳥が強く影響を受けたものだ。当時白鳥のいた岡山では居留地に宣教師たちも住み、組合派の伝道が盛んで信者が急増していた。白鳥は岡山の閑谷黌在学中の明治二〇年代半ばごろに『国民之友』を買い求めていたが、この雑誌によってはじめてキリスト教の存在を知り、内村鑑三の文章を愛読して聖書も購入する。

こうした白鳥が読売新聞社へ入る前の明治三四（一九〇一）年ごろにはキリスト教を棄て、教会から離れていたことは事実だ。その意味では、もちろん白鳥とキリスト教との間に距離がある。だがそれはキリスト教から離れた島崎藤村や岩野泡鳴などにもいえることだ。棄教の事実だけでは、白鳥におけるキリスト教との独特の距離を説明するには不充分だろう。本書が着目するのは次の点である。キリスト教は罪の意識をその中核とするはずのものだが、じつは白鳥にその罪の意識がほとんどなく、強烈な「死の恐怖」からの個人的救済が目標

だったことだ。(28)

死の恐怖とか生の不安とかいふ言葉は、君に会ふたびに日常の挨拶のやうに、お互ひの口からでるのでしたが、……でも、酔興に怖がつて見るのでない証拠には、机の前で読み書きしてゐながら、知らず知らず筆を擱き書物を伏せて、神経におびえを感じてゐることがあります。

私は自分の死を恐れてゐる。普通人以上に恐れてゐるのであらう。死に対して、動揺しない覚悟をしてゐなければならぬと思ひながら、私の死に対するアヤフヤな態度は十数年前も今も同じことなのである。(傍点は引用文のもの)

私は現代の智識階級の一人として、基督教や仏教やその他の宗教に説かれてゐるやうな死後の信仰を持つてゐない。……そして、死後の世界など、人智では永遠に分らないのであらうといふことを今日の時代に生れた私は考へさせられて、一生を不安に過さねばならぬやうになつてゐる。

具体的なキリスト教の宗教文化からは離れても、ロマン主義文学の影響も含めたキリスト教からの精神的影響は死の恐怖からの救済を求める白鳥に最期まで大変強く作用し、白鳥に観念的な超越性をおびた理想的次元を求めさせ続けた。この超越性は大正期の「超越」とも重ならない。社会問題を批判的に乗り越えることへの関心も、生命主義潮流からの影響も、白鳥にはほとんどみられないからだ。また、白鳥においては社会的な拘束や社会的な構成物としての「自分」という発想も弱い。自由民権運動にも社会主義運動にもほとんど関心を示さなかった。

こうした白鳥独自の宗教性は、死の恐怖と白鳥という個人的主体の関係を考えることをつうじて明らかになると思われる。次々節においてこの点を論じる。

部分的再解釈

以上から、白鳥における精神的彷徨と非 - 自己限定という論点に次のような解釈を補いたい。白鳥にとっての理想的次元には、明治中後期の歴史的・社会的状況や自然主義文学・キリスト教などの文化的要因だけからは理解しにくい、むしろそういった限定的な枠組みを突破した「絶対の基準」という超越性に予感的に触れている面がある。また、限定的な枠組みを突破した結果として、自己限定のない白鳥の精神的彷徨は最大限の観念性と運動可能性をもちえる。そのいっぽうで、白鳥の理想希求の裏には宗教的精神の出発点としての死の恐怖があった。

三、否定的自己意識

傍観者的自己意識

つぎに、「ない」を繰り返す白鳥の否定的な自己意識のありようを考えたい。それには、白鳥の傍観者的自己意識と森鷗外における諦念の態度との比較が有効だ。

鷗外が「予が立場」（明治四二年）のなかで述べた「Resignation」、およびそれを自身のことばで表現した小説「かのやうに」（明治四五年）での態度とは、客観的に冷静に現実の外に立つような傍観者の発想だ[29]。その中核は「より近代的な自我の鋭い確立をもち、また、それと矛盾する周囲の歴史の現実をも醒めた認識において知っていながら、その相矛盾する両者を悲劇的衝突にたちいたらさないで、その目覚めた自我を上手に包みかくしながら、その現実を肯定しているかのようなふりをして生きてゆく道を主体的に追求する最も醒めた意識」である。鷗外は、傍観者としての強靭な知性を自身の態度にも文学にも確立した。そのため鷗外における諦念の態度と白鳥の態度は近いものにみえよう。実際に、比較文学研究の平川祐弘は鷗外の小説「妄想」と白鳥の小説「迷妄」にみられる二人の内面的連関を指摘しつつ、「人間生存の苦しみを、自分の魂の悶えをも、まるで他人事のように冷淡に、突き放して見ているところ」（傍点は引用者による）に観察者としての白鳥の特質をみた。

しかし白鳥は鷗外から強い影響を受けてはいるものの、白鳥にとって鷗外とは平凡で単純な生の現場をよく見極めた文学者ではなく、どこまでも「他の凡庸作家に優つて、文学化した人生、文学化した人間を描叙した作家であるに過ぎない」ひとだった。白鳥からみると、人生は「生れて、苦しんで、死す」ものに尽きるため、文学化した人間描写は余計でもあり、それだけでは不充分でもある。(30) これに対して白鳥の傍観者的意識では、平凡で単純な人間の生の現場を考察するさいに、介入行為のすべなく傍観するにしても、そこへの自己意識の繰り込みがともなう。白鳥の言表では次のようになる。(31)

私は自分がたとへ傍観者であるにしても、かういふ不感不動の知性の所有者ではないのであつて、傍観しながら、心に動揺が続けられ、感想が濫発し、我独りの悩みを保つてゐるのである。路傍の人々を無視し、孤独の生を続けることに安んじ得ないのだ

白鳥は、生の現場の考察に自己意識を繰り込み、自分の感情や精神の動揺をも意識しつづける傍観者だった。したがって鷗外と白鳥とでは傍観の意義が異なる。白鳥の傍観には「すべて無縁の人であると思ひながら、私はその感じに終始してゐないで、路傍の人と一しよに闘技場に出てゐるのであらうと、自分で自分の身を傍観してゐる」という自己意識の繰り込みが必ずともなう。結果として、他人や社会との関わりのなかでは「些細な毀誉褒貶でも、あだおろそかには思はれないので、自己の生存がおびやかされ、自己の運命が左右される」と、不安や動揺を強く意識し続ける。この意識は白鳥の生み出した否定表現と連動し、人生

への否定的批判精神や否定的な自己意識に結びつく。これは明治後末期の自然主義文学とも共鳴する。白鳥にとって「自然主義は否定の文学のやうに、私自身は解釈してゐた」ものだったからだ。

以上から示されるように、白鳥自身のリアリティはけっして内面の安全圏に静かに留まるものではない。むしろ、白鳥の精神は理想的方面について積極的な探求方法をもたなかった反面、否定的・批判的方面にこそ積極的に自己意識を繰り込むものだった。とすれば、白鳥の「つまらなさ」とはそうした否定的な自己意識がたえず再帰的に繰り込まれた結果でもあった。そしてその繰り込みは、揺れ動く不安定な状態になることを自らに課したものでもある。

不気味さの追求

先にみた死の恐怖と関わるものとして、白鳥文学がもつ独自性の一つである不気味な妖気性・怪奇性・異常性を検討したい。一般に恐怖や不安を引き起こすものはしばしばそれを期待する心情を生み出すことがあり、白鳥の文学にみられる不気味さの追求も死の恐怖に惹きつけられた心情の裏返しだと解釈できる。本書はこれも、不安定な状態を積極的に生み出すという白鳥独特の自己意識の再帰的な繰り込みの表れだったとみる。

日本近代文学研究では白鳥の初期作品「妖怪画」などが「白鳥が近代日本文学にはじめてもたらした、草雙紙趣味の妖怪談ではない、異常神経の世界の提示」だとされる。(32)「妖怪画」

から始まり「人を殺したが」「冷涙」「人生の幸福」などへの作品群など、実際に白鳥の文学には独特の不気味さがある。小説家の杉森久英は白鳥への追悼文で、白鳥のこうした不気味な作品群が平凡さや日常を描く自然主義文学という図式をあっさり超えていたと指摘した。(33)それは「透徹したリアリストとか、冷静な現実家とかいわれる白鳥式の頭の中にも、実はこういう狂暴な嵐があれ狂つていた」という判断だ。

異常なもの、怪奇なものへの嗜好は、白鳥作品には初期から根強く存していて、登場人物は多かれすくなかれ、異常な空想を心に秘めている男が多い。『何処へ』の菅沼健次は新聞社に勤めながら、革命や戦争のことを夢想する青年だが、……肉体は平凡な現実に緊縛されていながら、観念はたえず壮大な夢をえがいている

この杉森の指摘が非常に重要だ。異常性が「妖怪画」などの怪奇性をテーマにした作品だけではなく、もっとも自然主義的で虚無的だと考えられている作品『何処へ』などにも見出されることになるからだ。『何処へ』を文壇が好評をもって迎えたのはその否定的精神の激しさゆえだったが、その「空想」は実のところ「異常」で「狂暴な嵐があれ狂つていた」、不気味で破壊的なものでもあった。実際に、日本近代文学研究の相馬庸郎も「(菅沼)健次の本質は、激しいロマンチストである点にこそあった」と同様の指摘をおこなっている。(34)

こうした不気味さの追求に関して、さらに着目したいことがある。それは、自らの精神を

進んで死の恐怖に晒し、自滅にまで想像的に追いやるという言表を白鳥がいくつも残していることだ。例を示そう。(35)

こんな時分、——精神《こころ》が身体を嘲つて、その腑甲斐なさに望みを絶つた時分——には、屡々その自滅を促したことがあつた。……闇の何処かに潜んでゐる恐しい者に生血を啜られて自然《じねん》に枯れて行くよりも、自分の力で砕けてしまへと迫つたこともあつた。

私は虐殺の時期の来るのを待つてでもゐるやうな気がした。悶死する様をも想像に浮べた。そして痛い思ひをしてこの世を終る恐しさに堪へられなくなつた。……だが、逃げるべき所は何処にもない。東京を去らうとも、山の奥へ隠れようとも、虐殺者の目は人一人見のがさうともしないのだ。

「快き死、幸福なる末期。」

私は虐殺者の前に両手を合せて祈願を籠めたくなつた。

これらも、恐怖を見出す否定的感性でもって自分自身を不安定な状態へ積極的に駆り立ててゆく、白鳥独自の自己意識の表れとみてよい。白鳥の言表からは、不気味な恐怖を突き詰めていくという異常な方法を採った痕跡が見出せるのだ。

以上から、不気味な死の恐怖から出発して想像的に自らを自滅へまで徹底して追い込んでいく観念性こそが、再帰的な繰り込みをともなっていた白鳥の否定的自己意識の極致だったと考えられる。本書は、白鳥における理想探求方法の不在という論点へこの解釈を補いうると考える。この解釈こそが白鳥における「脱・自分」の自己意識のありようを示すものだ。

四、理想的次元への二つのルートと「脱・自分」

前二節の作業から、次のことが導出できた。白鳥の理想的次元については、現実性と可能性とが乖離する非-自己限定によって観念性と運動可能性の肥大した精神的彷徨が、明治中後期の文学・宗教の思想的枠組みを突破し、「絶対の基準」という超越性に予感的に触れていた。いっぽう、強烈な死の恐怖から出発した宗教性をもつ白鳥の否定には、不安定な状態を積極的に生み出す自己意識の再帰的な繰り込みがたえずともなって、想像的に自らを自滅へと徹底して追い込んでいく観念性が生じていた。後者こそが白鳥における「脱・自分」である。このように、白鳥の「つまらなさ」には超越性の予感と「脱・自分」とが潜んでいる。

本節では、白鳥の理想的次元にある超越性に焦点を当てつつ、これらの連関を明らかにしたい。

反転的ルート――恐怖から憧憬へ

死の恐怖から理想的次元へのつながりについては、評論家の高橋英夫による白鳥論を検討する必要がある。[36]高橋は「死の恐怖」という語を使っていないものの、白鳥における恐怖と憧憬という両義性について、「生れながらにして人生恐怖の念をもち、そうであったがゆえの人生憧憬が「外」を招き寄せ……恐怖と憧憬の二重性を生き」たと論じているからだ。たしかに高橋のいう「人生恐怖」の原点は、白鳥自身が書いた幼少期の実体験にみられる。小説「根無し草」の「永遠の恐怖」という節では、次のように描かれる。[37]

幼少の頃の白紙のやうな頭に刻まれた知識は一生拭ひきれないものらしいが、人間の霊魂の行方と云つたやうな問題が気掛りになる癖があつたのは、誰の感化であらうか。……おれの霊魂はどうなるのだと気に病むことがあつた。風邪を引いて少し熱が出た時に、「大きな者が来る。」と泣き叫んだ

高橋によると、白鳥における恐怖から憧憬へのプロセスは次のようなものだ。恐怖を感じることを出発点とし、醒めた意識が現在をつねに暴きつつ過去をも情容赦なしに追い返すことに、白鳥は否定的感性による「曰く言い難い感興」をおぼえていた。そして恐怖を文学の根とした白鳥は、恐れる人間となったと同時に、恐怖を見出してゆく人間にもなった。不安定な状態へと自身を駆り立てる白鳥は「人生恐怖」(＝死の恐怖)をひしひしと感じ続ける。

だが白鳥が何度も書いた恐怖は、彼を震え上がらせ萎縮させただけではない。白鳥を震撼させたことで、「彼の心の「内部」をも揺り動かし、直接には見えない遠い世界への憧れまでも目醒めさせた」のだった。こうして白鳥に遠い世界への憧憬が生じる。ここでいう遠い世界とは、観念的な「死」がまといつく現実世界を払拭する外部世界だ。白鳥は「生れ育った世界からの脱出という目標を手中に収め得」て「恐怖を夢と好奇心に変成させ得た」わけである。この高橋の考察からは、死の恐怖（人生恐怖）を核とした否定的な自己意識が憧憬という理想的な次元につながっていく、一つの反転的な道筋を見出せる。

高橋の論は、理想的なものへ向かう白鳥の精神性を述べたものだ。実際に、キリスト教や文学における西洋崇拝・英語の勉強・岡山からの上京・夫妻での二度の世界漫遊旅行といった白鳥自身の生涯の出来事にも、ロマン主義文学の影響を受けて空想文学の作品を多く書いたという事実にも、このことはみごとに重なる。(38) しかも、否定が憧憬につながっていく明治期の知的青年層の一般的心理にもあてはまる。それは、上京や社会的な上昇移動に関わった、身近（＝故郷・日本）で体験した悪印象の反動として外部（＝都会・西洋）に惹きいれられるという憧憬だ。白鳥は明治期の知的青年層の精神を共有していた。それは明治期の「適応」の社会的傾向とも重なり、明治中期ごろまでの日本社会におけるキリスト教受容とも重なる。

したがって高橋の論は妥当であり、幼少からの心情が明治期の知的・心理的な動向と連動するなかで、白鳥は恐れと憧れの二重性を生きたということが充分に認められる。

飛躍的ルート――「死」への跳躍

だが白鳥の場合、それでも次の問題が残る。理想的次元のかなたにある超越性にまで触れたであろうにもかかわらず、なぜ白鳥の繰り返したことばが「つまらない」だったのか。従来の白鳥研究はこの矛盾を指摘・解明していない。だが、本書は「つまらない」ということばを吐き続けた白鳥の実感を正面から受けとめたい。現実的にも文学的にも憧れていたもの・こと・ところをある程度まで享受・実現したはずの白鳥が、じつはそうした憧れ以上の超越的な「つまる」もの・こと・ところを求め続けていたと判断するのだ。以下、この判断をもとに論を展開したい。

そもそも憧憬と「絶対の基準」の予感は、単純に同一視できないものだ。一般的にいって夢や好奇心として何かに憧れる心情とは、ある程度の具体性をもって現象し、憧れの対象を自覚している場合も多く、想像的な表現としても具現化しやすい。それに対して「絶対の基準」とは対象として明確に自覚されるものではなく、白鳥自身の筆によってもそれが何かは具体的には表現されておらず、予感としてかろうじて触れうるしかないものだった。とすれば、白鳥の否定的な自己意識の理想的な次元へのつながりを、憧憬へのルートによってだけ捉えるわけにはいかない。「つまらない」という実感をもち続けた白鳥の「絶対の基準」の予感としての理想的次元へは、また別のルートが存在していたのではないか。

ここでもういちど、白鳥が不安定な状態へと自身を駆り立てて恐怖をひしひしと感じ続けていたことに着目しなおそう。死の恐怖を突き詰めて観念的な意味での「死」の深淵に想像的にふれてゆき、そこに自らの精神を投ぜんとしていた否定を極める白鳥の観念性を考えたとき、むしろ白鳥の自己意識には（手にしたい何かへの憧れよりも）自己破壊的な「脱・自分」の欲望を読み込みうる。「絶対の基準」とはおそらく、ちょうど死の恐怖の極点で立ち現れる、白鳥のいう「快き死、幸福なる末期」を内包するような理想性にあたるだろう。というのも、それは自己破壊に向かいつつ、同時に超越的な理想性を立ちあがらせるものでなければならないからだ。

白鳥においてその理想性・超越性はどう立ちあがるのか。本書はそれを反転（＝「死」の反対項としての憧憬）とは異なる別のルート、すなわち一種の「飛躍」（＝「死」への跳躍）にあたるものと解釈する。つまり、観念的な「死」という自分自身の消滅を恐怖としてひしひしと感じて続けていくことの果てに「絶対の基準」としての「快き死、幸福なる末期」を内包する理想性への予感が突然浮かびあがることがある、と考えたいのだ。それは、死の恐怖を突き詰めたぎりぎりの地点で観念的な「死」の深淵に想像的にふれ、そこに自らの精神を投ぜんとするときに立ちあがる理想性だ。精神におけるもっとも強烈な運動性が自我意識・自己意識の次元を（たとえ一部であれ）壊し、突如、自我意識の消滅感とともに生（もしくは有）を超越する――憧憬とはまた異なった――理想性の予感を一挙に立ちあがらせることがあるのではないか。おそらくそのときに「死」の捉えかたも理想性をおびてくる。

このように、生（もしくは有）を超越するゆえに具体的・実質的なものが何も示されないような観念的な超越性への予感は、自我意識の消滅感とともにもたらされる。そのため、意識的にコントロールしたりつかんだりできる範囲を超えている。白鳥の強烈な自己意識でもそれがどういうものかがつかめず、具体的に書けなかったのはある意味で当然だ。この種の理想的次元はあらゆる点で茫漠としており、自己意識によって求めて「つまる」ことが原理的にありえない。このように、予感がありながらも白鳥にとっては結局「つまる」ことがない事態が生じていた。

いかに個人の内的な現象だとはいえ、右の解釈を荒唐無稽だとみるむきもあろう。だが実際にはこうした解釈でないと、白鳥の「つまらない」という表現だけでなく、次に示すような父親について「深く感銘した」という言表などの説明もつかない。(39)

人間の本性として、生に執着し、生を讃美せんとするとともに、死の深淵に安んじて身を投ぜんとする気持が、暗暗裡に動いてゐるのではないかと、私は、をりをり感じてゐる。私の父は、死の直前に、口は利けなくなつてゐたが、指先で空中に「シニタイ」と書いた。私は明らかにそれを読んだのであるが、千部万部のお経の文句よりも、その空中に浮ぶ仮名文字によつて教へられたやうに、深く感銘した。父は既成宗教をも新興宗教をも信仰してゐたのではなかつた。病苦に堪へかねて死を望んでゐたのでもなかつた。あの世の極楽行を予想してゐたのではなかつた。

白鳥の父は、このように病気で死の直前なのに死ぬに死ねず「シニタイ」と書いた。それは信仰や極楽への願いの表れではなかった。白鳥はこの光景をいつもの冷徹な眼差しで見た。にもかかわらず、右の言表を信じるかぎり、白鳥が何かを「教へられ」「深く感銘した」のも事実だ。この感銘が何らかの憧れや信仰的経験に類するものでないことは明白である。父の「シニタイ」と、突き詰められた自身の死の恐怖と、白鳥の性向である「死の深淵に安んじて身を投ぜんとする気持」とが突如として共振することで白鳥は「死」への跳躍にたちあったのであり、それをとおして超越的な理想的次元を予感したのではないか。そして、この「深く感銘した」こそが「絶対の基準」の予感に触れえたときの白鳥独特の感情であったろう。これは求めて「つまる」ことが原理的にありえず、自分でコントロールできる範囲を徹底的に超えたものがあると観念的に予感される、そんな事態での震撼なのではないか。

「脱・自分」の自己意識を突き詰めた先に、個人的主体における自我意識・自己意識の次元（の一部）が壊れる事態が出来する。現時点で、この事態を完全に解明するのは困難だ。作品・人物の内在的問題をさまざまに追跡してきた従来の白鳥研究においてさえ問題化できなかったほどだ。また、白鳥がなぜある種の感興をもって死の恐怖を突き詰めるようになったのかも、その生い立ちやテクストや従来の研究などからはわからない。現時点でできるのは、白鳥のケースの考察をとおして右のような事態を「脱・自分」の問題の一つとして提示することだけだ。

白鳥における「脱・自分」

白鳥の「脱・自分」を確認しよう。そのためにも、理想的次元にいたる二つのルートをまとめておきたい。

まずは、死の恐怖を出発点とし、恐怖を核とした否定的な自己意識が憧憬という理想的次元へと反転的につながっていくルートがある。醒めた意識とある種の感興とでもって、白鳥は否定的感性による不安定な状態へと自分自身を駆り立ててゆくと同時に、その震撼が外部の遠い世界への憧憬を生じさせる。この恐怖から憧憬への反転的ルートは宛先をもちうるものであり、夢や好奇心といった想像的で具体的な表現をとおして明確化しやすいものだ。

つぎに、否定的感性によって自分自身を駆り立ててゆき、自身の消滅の恐怖を突き詰めたぎりぎりの地点で観念的な「死」の深淵に想像的に触れることで、自我意識・自己意識の次元が（一部であれ）壊されつつ、「絶対の基準」を内包する理想性への予感が突然浮かびあがるという、「死」への跳躍のルートがある。具体的・実質的なものが何も示されないようなそうした観念的な超越性への予感は、自我意識の消滅感とともにもたらされ、自分でコントロールしたりつかんだりできる範囲を徹底的に超える体験である。そのさいに恐怖であったはずの「死」は理想性を一挙におびる。

右のまとめから「脱・自分」の可能態を二つ導出できる。まずは、自己意識において「死」という自分の消滅を強い恐怖をもって観念的に突き詰めるというありかただ。これは両ルートに見出されるが、宛先をもちうる前者のルートにおいてはあくまでも部分的である。つぎに、「死」への跳躍による超越性への予感を個人的主体が欲望するというありかただ。これは後者のルートでの体験そのものではないが、それを要因とするものである。初回の経験より後、それを再び個人的主体が何かのきっかけをとおして欲望しうるからだ。実際に白鳥が「つまらない」と書き続けた事実から判断して、本書は白鳥にその欲望があったのではないかと推測する。

五、考察

白鳥の「つまらなさ」をめぐる論によって、白鳥における「脱・自分」が明らかになった。白鳥の否定的自己意識は明治後期から大正前期にかけての日本社会の状況や当時の知識人層の動向と共鳴したものだった。以下ではそれらをふまえつつ「近代的自我」の問題を考察し、白鳥の否定的自己意識の特異性を導出する。

自然主義文学――明治末期から大正前期への展開

一般には、明治二〇～三〇年代における尾崎紅葉・川上眉山・江見水蔭らの硯友社文学の隆盛後に現れてきた、国木田独歩・島崎藤村・田山花袋らの諸作品が自然主義文学の先駆とされる。(40) 事実のままに技巧を排して書くことをよしとする花袋の「露骨なる描写」(明治三七年)に代表される自然主義文学の手法・思想は、岩野泡鳴・近松秋江などの赤裸々に自

身の生活経験を書く文学者たちに影響を与え、おおむね徳田秋声や白鳥がその完成者だとみられている。(41)

とはいえ自然主義作家の志向は、つねに同じだったわけではない。たとえば白鳥にとっては、ほかの自然主義文学が「いかに自分の生存苦を内省し、いかにそれを発表すべきか」というテーマをもっていたのに対し、ただ「自然主義は否定の文学のやうに、私自身は解釈してゐ」るものだった。(42)ちょうど白鳥が登場した明治四〇年ごろの自然主義文学は、日露戦争後の社会状況に呼応するものへと変容していた。(43)そこには近代化の達成とみえた現実主義的な「適応」をすべて否定していくと同時に、理想主義的なものを求めても具体的な目的・目標がなお見つからないという、わりきれなさがあった。白鳥の作品のみならず、片上天弦「無解決の文学」(明治四〇年)なども自然主義における無理想・無解決を人生問題への不安感とともに理論的に指摘した。島村抱月も「序に代えて人生観上の自然主義を論ず」(明治四二年)で「人生の理想は自愛である、自己の生である」とは書きながら、「自分の作つた人生観さへ自分で信ずることが出来ない」という思いや「自己といふ其の内容は何と何とだ。自己の生を追うた行止りは何うなるのだ」という疑問を吐露するにいたった。明治末期から大正初期にかけての知識人層は、多かれ少なかれこういった不安感・わりきれなさに直面していた。

日露戦争後の影響や大逆事件などもあったことで明治末期は国民統合がさらに進み、大正期の新しいナショナリズムの萌芽もみえはじめる。この時期の文学では、社会から自己をさらに隔離することで近代的な自我意識を確立・定着させていこうとする傾向が強くなる。明治四二（一九〇九）年の木下杢太郎・北原白秋らの『スバル』、翌年の『白樺』、永井荷風の『三田文学』や谷崎潤一郎・和辻哲郎らの『新思潮』（第二次）といった文芸雑誌の相次ぐ創刊は、自然主義とは異なった積極的で理想的な文学内容や自我意識を独自にうちだそうとした。

藤村や花袋などが大正前期に宗教的な懺悔・悟達の文学を展開したのは事実だが、全体として自然主義作家は否定・批判後に回復すべき自我意識を明確に獲得しえないままに、その手法的徹底・発展をはかっていった。文学史をみると、岩野泡鳴『毒薬を飲む女』・徳田秋声『あらくれ』・田山花袋『時は過ぎ行く』『一兵卒の銃殺』・白鳥『入り江のほとり』『牛部屋の臭ひ』・島崎藤村『桜の実の熟する時』といった大正五（一九一六）年前後のすぐれた作品群を成熟期の頂点として、自然主義文学の占めていた文壇的地位が新しい世代の文学へ移行していく。自然主義文学が担った内省的な「近代的自我」は、その社会的・文化的役割をいったん終えたわけである。

「近代的自我」の切り捨て

当時の白鳥は、近代的な自我意識という問題にどのような態度で臨んでいたのか。もっといえば、当時における白鳥の「近代的自我」はどういうありようをしていたのか。

白鳥は、知的青年層の多くが煩悶していた自我意識の問題を「町の若い衆が端唄や清元を鼻にかけると同じく一種の虚栄心から煩悶してゐる」と、あるいは「明治文学中に見られるやうな個性の煩悶苦悶は、舶来物」であって「西洋文学の真似で、付け焼刃」（傍点は引用文のもの）でしかないと、きわめて批判的にみた。(44) 明治後末期における白鳥の精神は、キリスト教の宗教文化への熱情も去り、ロマン主義から自然主義への展開を中心とした文学潮流のなかで、具体的な理想も現実もすべて否定する。日本という後発的近代社会での中途半端で歪んだ自我意識（＝「近代的自我」）も、西洋文学やキリスト教を通過した白鳥は否定的に認識していた。白鳥の否定的な自己意識は、知的青年層の「近代的自我」も含め、外側からの日本の近代化・西洋化という現実主義的な「適応」すべてがしょせんは「付け焼刃」でしかなかったという、徹底的な否定的認識と深く関わっていた。

したがって、白鳥は二種類の――両者はかなり重なるところをもつが――「近代的自我」を認識して切り捨てていたことになる。すなわち、西洋近代的秩序・価値への現実主義的な「適応」による「近代的自我」を切り捨てるとともに、明治四〇年前後の知的青年層の「近代的自我」をも「付け焼刃」だとして切り捨てていた。しかし重要なのは次の点だ。白鳥の否定的な自己意識は再帰的な繰り込みをともなうものだったので、この場合もおそらくは自身にまとわりついてくる「近代的自我」を再帰的かつ観念的に切り捨てていたと考えられることだ。

再帰的な否定を繰り込む自我意識も一種の「近代的自我」のありようにほかなるまい。ただし白鳥の思考は否定性に貫かれているので、透谷などとは違い、観念的にすら明確な「近代的自我」をうちだしたわけではない。したがって皮肉なことに、白鳥はいわば〈自身の「近代的自我」をただ再帰的かつ観念的に否定して切り捨てるような「近代的自我」〉をもちえたかのようだ。いかに生来の気質があったにせよ、無理想・無解決・無感動かつ無目標で否定的な観念的手法しか残さなかった明治後末期の社会における文学・思想の状況こそが、こういった白鳥の態度と内面性を強化する大きな要因になっていたと思われる。

本書の見解

以上の考察から、白鳥の特異性は次のものとなる。明治後末期における白鳥の否定的自己意識は、当時特有の奇妙な「近代的自我」のありようをとおして作動していた。それは、内的な面で個人的主体を「ひとつ」に固定化しようする現実主義的な「適応」をすべて無意味化する。とともに、理想主義的な「超越」を内的に受けとめつつ、それが具体化されたような目的・目標地点を否定し、見失ったままでいる。「適応」への否定・無意味化は、キリスト教やロマン主義文学の残滓としての理想主義的な「超越」によると同時に、現実主義的な世俗化が進んだ影響によってそこから自然主義文学の否定的感性が派生し、「自省」の反応の萌芽となっていたことにもよる。ただし白鳥の理想的次元をかんがみると「超越」を明確に狙って懐疑したともいいにくい。本書の用語だと、白鳥の特異性は「自省」ではなく「超越」の変種である。

こうした特異性をふまえると、白鳥という個人的主体にみられたさまざまな言動の不可思議さにも一定の説明がつく。三つほど例をあげてみよう。

まず、白鳥が矛盾した発言を再三おこなっており、しかもそれによる苦悩をまったく感じていないことだ。白鳥は日常生活において、胃液がなくなる病気になって病院に通っていたこともあり、胃腸が弱く身体が羸弱《るいじゃく》だとしばしば言っていた。だがじつはビフテキ、ライスカレーとコロッケなどを平らげる習慣があり、健脚でもあった(45)。小説を書き始めた動機も薄給で生活できず、金を稼ぐためだったと何度も言うが、白鳥が給料を得ていた『読売』の文芸欄の勢力は自身も知っていたはずだ(46)。卑小な例にみえようが、こうした矛盾がじつに多いのである。

つぎに、つねに自分の意見を反転させていたことだ。たとえば、人物や芸術作品などの対象を褒めていたら、いきなり冷淡な口調になって否定するという変化がしばしばあり、その逆もあった。こうしたことは、初期から晩年にいたるまで繰り返された。とくに内村鑑三への評価などは何度もひっくりかえる(47)。

そして極めつけは、キリスト教を棄教してその悪口を言い続けてきたのにもかかわらず、臨終時に植村環牧師のもとで「アーメン」と言ったという有名な事実だ。白鳥の死後に憶測だらけの「アーメン論争」がなされたほどだ。しかし白鳥が晩年に植村牧師のもとでおこした不可思議な行動はそれだけではない。白鳥は、みずから進んで葬式を依頼した植村牧師の祈りの場から独りで突然抜け出したことがあった。それは願っていたことが成就しようとする寸前に、ほとんど反射的にその願いをうち壊すような行動だった(48)。

たしかに、こうした一連の行動は不可思議で混乱にみちたものだ。だがいまや次のような理解が可能である。すなわち、明治後末期の歴史的・社会的・文化的状況特有の奇妙で観念的な「近代的自我」のありようによって、すべてを否定して切り捨てたあげく拠りどころとしての具体的な理想を確信してもてなくなったために、内的な面でまとわりついてくる「ひとつ」への固定化にたいしても否定的な無意味化という手法だけで苦闘せざるをえなかった、というものだ。そして生涯にわたってこの苦闘は続いたのではないだろうか。

一般に白鳥は情熱的人物にはほど遠いとみられている。「おれの弱点、醜悪な心の汚染を見破つてゐるばかりではなくつて、おれの長所、心の善美をも見透かしてゐる筈の知友（引用者注：上司小剣のこと）の死によつて、さも自分が救はれるやうな気持になり、ホツとした気持にな」り、その人の存在が自分にとって「薄気味が悪いのであり、煙ったい」ものだったと白鳥が書いた事実も、冷酷さの極みにある。[49] だが、その裏では自身を固定化してくる他人のまなざしを白鳥が敏感に感じとってそれを払いのけるべく苦闘していた、という解釈も可能なのである。

註

（1）後で言及するものを除いても、大岩鉱『正宗白鳥論』（五月書房、一九七一）、田辺明雄『評伝　正宗白鳥』（學藝書林、一九七七）、武田友寿『「冬」の黙示録　正宗白鳥の肖像』（YMCA出版、一九八四）、勝呂奏『正宗白鳥　明治世紀末の青春』（右文書院、一九九六）、磯佳和『伝記考証　若き日の正宗白鳥――岡山編』（三弥井書店、一九九八）などがある。

（2）以下の説明・引用は次の文献を参照。吉田精一『自然主義の研究　上巻』（東京堂出版、一九五五）、四五九―四六〇頁、四七三頁。大宅壮一『大宅壮一選集9　文学・文壇』（筑摩書房、一九五九）、一五六頁。兵藤正之助『正宗白鳥論』（勁草書房、一九六八）、二五三頁。『正宗白鳥全集　第二二巻』月報第18号（福武書店、一九八五）、三頁。

（3）そうした白鳥の一般的なイメージとは、「あらゆる文明のいとなみを斜にかまへて嘲笑し、思想も芸術もすべてむなしい、人は生まれて、生きて、死ぬだけだ。何事もつまらないし、むなしいといふやうなことを飽くことなくつぶやいて、投げ遣りな小説や評論を十年一日のやうに書きつづけ、凡庸な感想や怠惰なニヒリズムのあまりに無装飾な放出のゆゑに、人の意表を衝いて、やがて老大家となり了せた一文士像である」といったものだった（桶谷秀昭「白鳥の陽画と陰画」『正宗白鳥全集　第一〇巻』月報第17号、福武書店、一九八五）。こう理解された白鳥は、個人的領域で開き直るだけの深みのない作家として、批判も数多く受けた。梅原猛編『戦後日本思想体系3　ニヒリズム』（筑摩書房、一九六八）、一六〇―一七六頁など参照。

（4）「仕方なしに書く」明治四一年（第二六巻、一四三頁）。「断片録」大正一五年（第二三巻、二一〇頁）。以下同様に、白鳥のテクストを扱うさいにはタイトルと執筆年を示したうえで、すべて福武書店版『正宗白鳥全集』全三〇巻（一九八三―八六年）から引用する。

(5)『紅塵』明治四〇年（第三〇巻、六六七頁）。
(6)「文学の行方」昭和二七年（第一九巻、四七一頁）。
(7) 以下の説明・引用は次の文献を参照。竹内整一『自己超越の思想――近代日本のニヒリズム』（ぺりかん社、一九八八）、二〇五頁、二二〇―二二一頁。
(8) 以下の説明・引用は次の文献を参照。手塚富雄「白鳥の死と宗教」『近代作家追悼文集成　第38巻』（ゆまに書房、一九九九）、二四一―二四五頁。
(9) 飛鳥井雅道『近代文化と社会主義』（晶文社、一九七〇）、二一一頁。
(10) **Shenk, H. G.,1966,** ***The Mind of the European Romantics: An Essay in Curtural History*****, Constrable, London.**（＝一九七五、生松敬三・塚本明子訳『ロマン主義の精神』みすず書房。）、訳書一―七頁。
(11) 岩永胖『自然主義の成立と展開』（審美社、一九七二）、七八頁。
(12) 国木田独歩「号外」坪内祐三編『明治の文学　第22巻　国木田独歩』（筑摩書房、二〇〇一）、三三一―三四一頁。
(13) 以下の説明は次の文献を参照。隅谷三喜男『日本の歴史22　大日本帝国の試煉』（中公文庫、一九七四）、三九四―四一〇頁。湯沢擁彦『大正期の家族問題――自由と抑圧に生きた人びと』（ミネルヴァ書房、二〇一〇）、七頁。杉山伸也『日本経済史　近世―現代』（岩波書店、二〇一二）、二七二―二七三頁。橋川文三編『日本の百年4　明治の栄光』（ちくま学芸文庫、二〇〇七）、二九三―三二一頁。
(14)「幻滅」「現実暴露」の語は自然主義理論家の長谷川天渓らによって流布された。白鳥作品を「虚無主義」と呼んだのも天渓だ。「自然主義盛衰史」昭和二三年（第二一巻、三〇五頁）を参照。
(15) 石川啄木『啄木全集　第四巻』（筑摩書房、一九六七）二六一―二六二頁。
(16) 以下の説明は次の文献を参照。吉田前掲書、一一二―一一五頁、二七四―二七五頁。Shenk 前掲書、八三頁。
(17)『何処へ』明治四一年（第一巻、二五三頁、二七三頁）。
(18) 片岡良一『片岡良一著作集　第7巻　自然主義研究』（中央公論社、一九七九）、二八四頁。
(19)「懐疑と信仰」昭和三一年（第二九巻、一五九頁）。次の白鳥の経歴も参照。雑誌『国民之友』からキリスト教の存在を知り、内村鑑三の文章を愛読する。薇陽学院（元・岡山英語学校）では宣教師から英語を学び、石井十次からも聖書講義を受ける。白鳥は上京して早稲田大学の前身である東京専門学校に入学し、坪内逍遥の講義も受け、観劇にも熱中した。日曜日には牧師・植村正久の説教を聞き、明治三〇（一八九七）年に植村より洗礼を受けた。
(20) 高橋英夫「人と作品「眠り」と「覚醒」」正宗白鳥『内村鑑三／我が生涯と文学』（講談社文芸文庫、一九九四）、二七九頁。
(21)「文学生活の六十年」昭和三七年（第三〇巻、五四―五五頁）。
(22) 次の言表を参照。「私なども小山内や有島のやうに、舶来の福音を何の惜し気もなく棄てた」（「内村鑑三雑感」昭和二四年、第二五巻、二六三頁）。「私は、嘗て基督教を信じて居たことが《ママ》あつた。然しだんだん信じられなくなつて仕舞つた。……兎に角、今は信仰の影だも無いといふことは事実だ」（「行く所が無い」明治四二年、第二六巻、一五七頁）。

(23) 大嶋仁『ミネルヴァ日本評伝選　正宗白鳥』(ミネルヴァ書房、二〇〇四)、二五四頁。
(24)「空虚なる青春」昭和三〇年(第二九巻、一二三頁)。
(25) 次の言表を参照。「私は、数十年の文壇型の生活を経て来た結果、人生の正体も文学の正体もつまりは分らないと断念して……元の杢阿弥になつたと云つていゝ」(「文壇年頭の感」昭和一〇年、第一九巻、一九二頁)。
(26)「現代つれづれ草」昭和三二年(第二九巻、二六三頁、三二一頁)。
(27) 以下の説明は次の文献を参照。千石英世「解説　孤独地獄と分身」正宗白鳥『何処へ／入江のほとり』(講談社文芸文庫、一九九八)、二九四頁。濱田栄夫『門田界隈の道――もうひとつの岡山文化』(吉備人出版、二〇一二)、一一一―五六頁。後藤亮『正宗白鳥　文学と生涯』(思潮社、一九六六)、三一頁。吉田前掲書、四五六頁。
(28)「書斎の人より」大正四年(第五巻、三六三頁)。「死に対する恐怖と不安」大正一一年(第二五巻、五九頁)。なお、この点について文芸評論家の亀井勝一郎は、宗教と文学との対決という問題を日本で提出しえたのは白鳥だけだと指摘し、「藤村が罪の意識を根本にしているのに対し、白鳥がつねに問題にしているのは死の危機感なのです。青年時代の入信のときも病弱と死への恐怖からで、白鳥に罪の意識のないのは一つの大きな特徴だと思います。つねに「死」の問題だけが正面に出てくる」と述べる。久山康編『近代日本とキリスト教〔明治篇〕』(創文社、一九五六)、一六三―一六四頁を参照。
(29) 以下の説明・引用は次の文献を参照。森鷗外『鷗外随筆集』(岩波文庫、一九九五)、一三三―一三七頁。同『灰燼・かのように　森鷗外全集3』(ちくま文庫、一九九五)、二五五―二九一頁。武田清子「自己超越の発想」『近代日本思想史講座Ⅲ　発想の諸形式』(筑摩書房、一九六〇)、八九頁。平川祐弘「正宗白鳥の「迷妄」」成瀬正勝編『大正文学の比較文学的研究』(明治書院、一九六八)、一五三頁。

(30)「流浪の人―近松秋江」昭和二五年(第一六巻、一一頁)。

(31)「すべて路傍の人?」昭和二三年(第二八巻、二九六―二九七頁)。「自然主義盛衰史」昭和二三年(第二一巻、三五六頁)。

(32)吉田精一『自然主義の研究　下巻』(東京堂出版、一九五八)、二四四頁、七九六頁。

(33)杉森久英「白鳥の幻想」『近代作家追悼文集成　第38巻』(ゆまに書房、一九九九)、二二二―二二三頁。

(34)相馬庸郎『日本自然主義再考』(八木書房、一九八一)、二一二頁。

(35)「落日」明治四二年(第二巻、一四四頁)。「モルヒネ」明治四四年(第三巻、三四頁)。

(36)高橋英夫『異郷に死す　正宗白鳥論』(福武書店、一九八六)、一二頁、六一頁、一〇二頁、二五九―二六四頁。

(37)「根無し草」昭和一七年(第一四巻、一三六―一三七頁)。

(38)次の言表を参照。「僕は子供の時分から……終始一貫、西洋崇拝といってもいい」(「大作家論」昭和二三年、第一八巻、三九八頁)。「基督教も、明治の初年には、清新なエキゾチックな風趣を帯びてゐて、新代の敏感な青年の心魂を動かし」（「明治文壇総評」昭和六年、第一九巻、一一二頁）て、その後「舶来の福音を何の惜し気もなく棄てたのだが、そのキリスト教に対して郷愁のやうなものが感ぜられる」（「内村鑑三雑感」昭和二四年、第二五巻、二六三頁）。「私も随分新しい物好きであつた。新しい土地が見たかつた。新しい本を読みたかつた。新しい人に会ひたかつた。新しい主義思想にも心を惹かれた」（「「新」に惹かれて」昭和二一年、第一四巻、二一五頁）。また、一八九〇年前後の都市部では出版物をとおして逆に「故郷」がさかんに語られていた。故郷と都市としてそれぞれ立ちあげられたイメージは相互規定的なものだった。成田龍一『「故郷」という物語——都市空間の歴史学』（吉川弘文館、一九九八）、一四九頁、および歴史学研究会・日本史研究会編『日本史講座　第8巻　近代の成立』（東京大学出版会、二〇〇五）、一九三—二一七頁を参照。

(39)「現代つれづれ草」昭和三二年（第二九巻、二六〇頁）。「今年の春」昭和九年（第一三巻、四〇一—四〇五頁）。

(40) 本書は白鳥を論じたために、ロマン主義文学から自然主義文学への流れのみに着目した。したがって、É・ゾラのフランス自然主義の小杉天外や永井荷風への影響や、硯友社文学や写実主義の系統からのいわゆる前期自然主義についてはふれていない。それについては、吉田精一『自然主義の研究　上巻』（東京堂出版、一九五五）、五四—一九一頁を参照。

(41) 千葉俊二・坪内祐三編『日本近代文学評論選　明治・大正篇』（岩波文庫、二〇〇三）、九一—九八頁。柳田泉・勝本清一郎・猪野謙二編『座談会　明治・大正文学史(2)』（岩波現代文庫、二〇〇〇）、二六九頁。

(42)「自然主義盛衰史」昭和二三年（第二一巻、三二三頁、三五六頁）。
(43) 以下の説明・引用は次の文献を参照。千葉・坪内編前掲書、一二五―一二九頁。島村抱月『島村抱月文芸評論集』（岩波文庫、一九五四）、一七二―一八〇頁。吉田前掲書、五五〇頁。上田博・國松泰平・田邉匡・瀧本和成編『大正文学史』（晃洋書房、二〇〇一）、四四―四六頁。紅野敏郎・三好行雄・竹盛天雄・平岡敏夫編『大正の文学〈近代文学史2〉』（有斐閣、一九七二）、一四四―一四五頁。
(44)「国人にふさはしからぬ煩悶」明治三六年（第二五巻、一四頁）。「明治文壇総評」昭和六年（第一九巻、一二五頁）。
(45) 後藤前掲書、九二頁。兵頭前掲書、七一頁。
(46)「自己を語る」昭和二四年（第三〇巻、一〇五頁）。桶谷前掲書、三頁。なお、当時の『読売』の読者層は学生や教員を中心とした知識人層の比率が高く、多くは他の文芸雑誌も併読しており、とくに文学愛好の学生に強く支持されていた。『読売』は硯友社の文学活動の媒体でもあった。そのため大多数の読者は『読売』を「文学新聞」とみる強いイメージをもっていた。文学のみならず、教育や美術といった文化的な面の記事が多いことも特徴だった。山本武利『近代日本の新聞読者層』（法政大学出版局、一九八一）、一〇五―一〇九頁を参照。
(47)「評論とは」昭和二七年（第一九巻、四六三―四六四頁）、および「内村鑑三」昭和二四年（第二五巻、二〇九―二六一頁）など。
(48) 後藤前掲書、一四頁。おしだとしこ『正宗白鳥――死を超えるもの』（沖積舎、二〇〇八）、一一三―一一四頁。山本健吉『正宗白鳥――その底にあるもの』（文藝春秋、一九七五）、八七頁。文芸評論家の平野謙は「柔軟な含羞」という語ですでに白鳥のこうした側面を説明していた。それは白鳥が「最後まで本心の露出をいとう」人だったという見解だ（平野謙「現世厭離の人・白鳥」『中央公論』十二月特別号、中央公論社、一九六二、二六九頁）。また高橋は、人間の根本条件としての「孤独地獄」という認識が白鳥にはあり、文学的告白や自己暴露も白鳥は信じなかったとみている（高橋前掲書、一五七頁）。大嶋も、「アーメン」の語よりも最期まで白鳥が魂の呻吟を繰り返していたことを重要視し、「白鳥はついに救われなかった、のではない。最期まで救われることを拒んだ、のである」とみる（大嶋前掲書、二〇頁）。

(49)「猫切丸」昭和二八年（第一六巻、二九九頁）。

日本橋を通過する普通選挙促進のデモ、大正９年２月11日

VI

結論と展望

一、結論

本書では、近代日本の知識人層における自我意識の形成・確立が後発的近代としての日本社会特有の刻印をおびていたという認識のもと、日本社会の近代的な自我意識を「近代的自我」と括弧つきで捉えてきた。注意すべきは、「近代的自我」が「一枚岩の自我」という形式の形成・確立途上においての自我意識であり、しかも充填される意味や中身とともに変移していくものだったことだ。近代社会が特殊なかたちで成立しつつあった大正期の日本社会では、社会的・文化的状況の変移とそれを担う主たる層の変化・複数化に応じて、「近代的自我」のありようも少しずつ異なった。

大正期には知識人層の大部分が「近代的自我」を形成・確立しようとしていた。文学者による「脱・自分」は、まさにそれと正反対の営為だ。当時一般の民衆にもみられないという点で、それは小さな範囲での特異な社会現象だった。社会的に共有されている目的・目標を否定的に突き放すさいに、向かうべき宛先を見出せないまま、あるいは宛先にいたることを拒否しながら自分自身を否定する発想こそが、当時の「脱・自分」である。それは、何らかのかたちで社会的価値への「適応」を強く促されている自分自身にたいする諸反応だった。理想的な同一化対象を具体的・実質的にもたない「超越」を変種だと考えるなら、大杉栄のケースは批判的な「超越」の反応の変種であり、辻潤のケースは懐疑的な「自省」の反応であり、正宗白鳥のケースは観念的に自己否定を突き詰めていく「超越」の反応の変種である。これら三つの考察からは、ある共通性を見出せる。それは、自身を「ひとつ」のものに回収・拘束・固定化しようとする諸力や諸作用との苦闘だったことだ。

むろん大杉・辻・白鳥も大正期の日本社会という歴史的・社会的・文化的状況に強く影響を受けた。しかし三人は当時の現実主義的な「適応」を内在的に体感・了解しつつも、「脱・自分」をとおしてその刻印を拒否しようとした。宗教文化や生命観念といった超越的なものに惹きつけられながらも、そこへ同一化しなかったのだ。

大正期の「脱・自分」は輪郭もはっきりしないものにたいする主観的諸反応であり、形成・確立されつつあった「近代的自我」を文学・思想・社会生活をつうじてある程度まで自身の精神の糧としながらも、「ひとつ」のものをめざして強まってくるその「近代的自我」のありようを批判的に自覚し、それを徹底的に取り払おうとする。このことは特定の思想枠組みへは単純に還元できない、独特のリアクションだ。限られた範囲の現象ではあったが、それは内的実践に関する大正期社会特有の文化的パターンだといえる。

以上が本書の結論である。本書は、明治後末期・大正前期・大正後末期の日本社会における知識人層の「近代的自我」とそれへの否定的反応とに着目し、歴史的・社会的・文化的状況に応じて「近代的自我」も「脱・自分」もそのありようが異なるという事実を具体的に示した。逆にこのことは、当時の知識人層のものとは違った「脱・自分」を、新たなかたちで発見・分析できる可能性を示している。

とすれば、本当は西洋社会でも近代的な「一枚岩の自我」が確立・形成される途上において、その主観的な脱出という現象があったのではないか。本書の結論はこの問題領域を逆照射する。

議論を単純化するべく、本書では西洋近代が理想とする自我意識を普遍的かつ固定的であるかのように暗に措定してきた。だが当然ながら西洋近代的な自我意識も、現実には紆余曲折を経たうえでの歴史的・社会的・文化的諸要因の複合による構成物だ。一九世紀以降の西洋社会では、形式的な自我観念も内的な深みをもつ自我意識という観念も「一枚岩の自我」という理念に収束し、強い拘束を人びとに課していった。前者の観念が必要だったのは、それが近代的な知や活動のための厳重なコントロールの中核として機能するからだ。後者の観念が必要だったのは、それが内的経験と責任・責務とを緊密に連携させる自我統合をもたらすからだ。前衛的な現代芸術の動向のみならず、固定的なジェンダー・エスニシティ・アイデンティティなどへの異議申し立てや批判的な議論も、人びとに強い拘束を課してきた「一枚岩の自我」からの脱出要請という思想的・文化的テーマにつながっている。管見のかぎり、本書のような「脱・自分」論はまだないようだが、「脱・自分」の問題は本来そこにも拓かれているはずだ。

二、現代社会と「脱・自分」——展望として

現代社会での「脱・自分」は、大正期のそれと質的に異なっているだろう。近代社会の形成途上だった大正期と近代社会の成熟を通過した現代とでは、人びとの自我意識じたいが異なるからだ。また、現代では知識人層に限らず、高等教育の普及や情報テクノロジーの発達によって近代的な自我意識の担い手が拡大している。ジェンダー・エスニシティ・ナショナリティ・セクシュアリティ・宗教的立場・政治的立場などをめぐる諸問題も、現代社会の多様な自我意識・自己意識と大きく関わる。

現代社会における「自分」

現代社会に生きる多くの人びとにとって、流動化している他人たちとの曖昧で複雑な関係性は大きな問題だ。現代社会特有のかたちで、自身の存在に不安定さを感じやすくなっている。現代社会の個人的主体はそれを制御しようと、自身において「中核の自己をもっている」という感覚」を強く要請する。[1]「自分らしさ」「私らしさ」という語の氾濫もそれを象徴している。そうした自分自身への感覚や関心は、他人たちのまなざしをとおしてさらに強化され、複雑になる。

例はあちこちに見出せる。自己啓発やスピリチュアル・ブームはもちろん、料理・芸術・

スポーツ・ブログなどの趣味活動からインターネットでの買い物・調べ物、SNSにおける即時的なコメント・返信、学びの成果を試す検定試験や資格取得まで、他人とつながる手法でありつつも、そこには自分自身への強い関心がある。むしろそれらにエネルギーや時間や金銭を使うことで、人びとは自分自身の生のバランスをとっている。

しかしいくら追求しても、複雑で不安定な状況では具体的・実質的で安定した宛先をもつことが難しい。その結果、人びとは自身の存在に不安定さを感じつつ、高度な自己コントロールと感情の管理を続けざるをえない。

現代社会における「脱・自分」

このように現代社会では自我意識・自己意識・アイデンティティが不安定なため、自分自身を否定・脱出することへの心理的なハードルが低くなっている。詳細に論じる用意はないが、たとえば現代社会の病理現象などを「脱・自分」という観点から捉え直してみると、身体的現象との関連が示唆されよう。

自身を何らかのかたちで煩わしく思ったひとが、自傷行為やオーバードーズや過食・拒食などの身体的加虐をおこなうことがある。自傷行為やオーバードーズをする若者の多くは、しばしば「消えたい」「死んでもいいかな」「終わりたい」といったことばで自己否定を表明する。事業の失敗や不治の病などによる自殺願望とは違い、その否定の多くは直接的で明確な動機がみられない(2)。「消えてしまいたい」「いなくなりたい」という表現のうちにあるのは、おそらく自分の行為や感情や対人関係の問題などを、過去の記憶にあるものまで全部消去してしまいたいという思いだろう。それをたんに悔恨や後悔や羞恥といった概念によって理解するのは不充分だ。妙な表現を使えば、そこにはもっと「自分を失わせたい」願望が含まれている。そこには、現在の自分自身の状態から脱け出そうとする「脱・自分」の欲望の発動が読みとれるのではないか。

過食嘔吐の症状に陥ったある女性の身体的・心理的状態として、次のようなケースが報告されている。この女性は自分が肥ってしまうという強い怯えをもち、「四四キロでいたい。そのためには、また食べる量を減らさなくては」という強迫感に苛まれている。そしてストレスによる反動的過食を避けるために、その強迫感さえも必死で抑え、板挟みの緊張状態に陥っている。だがその緊張が破れると、食べたいと思うときにおなかがいっぱいでも食べてしまう。そして自己嫌悪から過食嘔吐をおこない、それを何度も繰り返す。彼女によると、こうした状況は「自分を本当以上に卑しめ、おとしめ、追いつめ、自己嫌悪で何も見えなくしてしまう」ものだという。(3)

むろん、摂食障害の裏に「脱・自分」がつねにあるなどと主張するつもりはない。ここではただ、自分の身体や心理を再帰的にコントロールしようとすることが逆に正反対の事態をひきおこしてしまうことで、行き場のない自己嫌悪の泥沼に彼女がはまりこんでいる点に着目したいのだ。彼女の場合、その状態を脱しようとする苦闘は、それがたとえ身体を追いつめる激烈な行為となっても、「自分を失わせる」というかたちをとらざるをえなかったのではないか。
こういった意味では、現代社会での身体的現象は自我意識や自己感覚からの脱出とも関わっている。少なくとも、自分自身を否定しつつ具体的・実質的な宛先も見出せないという事態があるのはたしかだ。これは現代社会型の「脱・自分」の一例だといえないか。「脱・自分」は、現代社会特有の問題にも光をあてる論点になると思われる。

註

（1）Burkitt, Ian, 2008, *Social Selves: Theories of Self and Society*, 2nd Edition, Sage, p.167.
（2）山本紀子『〝消えたい〟症候群——リストカットとオーバードーズ　生への処方箋を考える』（教育資料出版会、二〇〇六）、一一七頁。
（3）山口椿・ささらえゆうな『ブリミアーナ——精神病質と自己破壊』（青弓社、一九九三）、四五頁、一八三頁。

おわりに

本書は京都大学大学院文学研究科に提出し、二〇一三年一一月に学位を授与された課程博士論文「「脱・自分」の欲望についての社会学的考察――大正期の日本近代文学者を事例として」に、加筆修正をしたものである。Ⅰ・Ⅱ・Ⅵは書き下ろし、その他の各章の原型となった論文の初出は次のとおりである。

Ⅲ「大杉栄における「自己無化」言説――その特異性について」社会学研究会『ソシオロジ』第五一巻二号、一〇九―一二五頁、二〇〇六年。
Ⅳ「自己解体的な自己意識の社会学的な考察とその問題点――辻潤の言説を手がかりとして」社会学研究会『ソシオロジ』第五三巻三号、三―一九頁、二〇〇九年。
Ⅴ「正宗白鳥にみる「つまらなさ」の特殊性」『Becoming』第二八号、ＢＣ出版、二一―五五頁、二〇一一年。

正直なところ、本書では「脱・自分」という小さな問題領域を提案するだけで精一杯だった。本書の試みはただその一点にある。このため、できるだけ読みやすさを優先し、煩雑にならないよう細かい専門的な議論の多くを削った。人物・文壇や歴史的・社会的・文化的状況に関しても、諸事実や人間関係などの記述の多くを割愛している。日本の近代化をめぐる諸問題や「脱・自分」に大きく関わる社会学的問題について、自分では気づいていない点も多いだろう。さらに（この点、私自身はそう思っていないが）大杉栄・辻潤・正宗白鳥による「脱・自分」の言説は当時の社会的・文化的状況とはまったく関係なかったという身も蓋もない可能性もあろう。アプローチの方法も今どきではなく、「脱・自分」がメジャーな社会問題だとは認識されないだろうことも、当然ながら理解している。

私自身において、思考上の偏見や現代的問題が現象していることは、おそらく疑いえない。事実認識や細かい見落としを含め、本書への批判は甘受したい。有益で建設的な方針をご教示頂けると、本当に嬉しく思う。

私事で恐縮ながら、「脱・自分」というちょっと妙な問題を考えるようになった根本的なきっかけを記しておきたい。それはもう二〇年以上も前の、一九九五年一月一七日の阪神・淡路大震災での不思議な体験である。

当時の私は大阪市北部のマンションに住む高校三年生で、大学受験でのセンター試験を終えた直後だった。学力に自信のなかった自分でもセンター試験の自己採点にはそれなりにショックを受けたようで、心身ともに疲れて気づかぬうちに部屋の電気をつけたままベッドで眠ってしまっていた。おそらく地震の最初の揺れで目が覚めたのだろう、ふと「誰か、部屋の電気を消してくれんかなあ」と思った。その瞬間、願いがかなうように電気がパッと消え、そのかわり今までに経験したことのないゴゴゴ……ガタガタ……ガシャンガシャン……という強烈で高速な縦揺れと大きな音を感じ始めたのだった。大阪住みの私はそれまで強い地震を経験したことがなく、小心かつ臆病であるのでわけもわからずに驚き、「これは死んでまう……！　ああ死ぬ！　なんとか……！」などと感じて心身ともに激烈に緊張し、ことばも発せず、揺れるがまま心底からの恐怖にかられたのであった。

するとそのとき、不思議きわまりないことに、どういうわけか、ベッドわきに本を積みあげたところの小さな空間がパサッと縦に裂け、そこからあたかも何か赤暗い内臓のようなものがぐにゅぐにゅと剥き出しになってきて、それが一挙に拡がったように見えたのであった。それは言語を絶した光景だった。ところがその瞬間、自分自身が壊されたような感覚を抱いたと同時に「ああ、世界ってほんまはこんなふうになってるのか……」と妙に心底から納得し、揺れが続くなか不思議と気持ちが落ち着いていった。そして棚から食器が次々と落ちて割れる音を聞きながら、この地震は大変な事態なのだと考えているうちに、しだいに揺れもおさまってきた。

このことは凡庸な私のほとんど唯一といってよい不思議な体験である。日常会話で気軽に出せるエピソードでもないためか、同じような体験を語った人に出会ったことがない。もちろん今になってみるとこの記憶もすでに正確ではないだろうし、どこかに修正が入ってもいよう。また、私の住まいが結局は大阪市内の安全圏にあったので、こんな些細な体験などは震災で亡くなられたかた、被災された人びとの苦しみや悲惨さにおよぶべくもない。大変申し訳ないとは感じているけれども、しかしこの体験じたいは私にとっては神秘的でもなんでもない、どこまでも厳然たる事実なのだった。

その後、私は映画や音楽や身体芸術や写真や文学などをとおしてこの体験を意識的・無意識的に追究してきた。哲学や精神分析学や現象学や現代芸術学や言語学などの難しい本にも手を出し、よくわからないながらもかじってはみた。そうした文化的・思想的なものをとおして探ってきたのは、おそらくあの体験をことばによって自分のなかで飼い馴らしたかったからだと思う。とはいえ、それなりの知的説明(「死の欲動」や言語的意味世界の崩壊など)や芸術経験によって片鱗にふれたかなと感じることはあっても、本心ではいまだにあの体験が何だったのかが納得できていない。ただいえるのは、世界のありようと自分のありようとが強力に連動・通底しているという直観を私が手に入れたということだ。そして、そこには「死(の恐怖)」が介在しうるという感受性を私が手に入れたということだ。さらに、言語を絶した世界の「ほんとうのすがた」だと思われたものになぜか私が安心感を抱いたということだ。おそらくこうした直観や感受性や感情は、今後もなかなか手放せないと思う。

こんな独我論的かつタナトス的なタイプの私が明らかに不向きな「社会学」をなんとか続けるにいたった経緯についても、記しておいたほうがいいかもしれない。学部を卒業してなんとなく社会学の大学院には進んだものの、当初から大学にまったくなじめず、先生がたや研究室の人びとに会わせる顔もなく、精神的にも困惑・疲弊しきって何もかもがどうでもよくなり、文字どおり生きること全般に躓いていた(今もあんまり変わらないが……)。そんな時期に、高橋由典先生の行為論における「感情」理解、小川博司先生の音楽論における「ノリ」、長谷正人先生の映像論における「物質的感触」に著作・ゼミ・授業をとおして接したことは革命的だった。三人の先生が展開された議論は（勝手な判断で申し訳ないけれども）どこか「自分が壊れる」という刺激的なセンスにおいて共通しているように思われたのだ。もう大学院と研究を辞めようと本気で思っていたところで、こんなことを考えてもいいのかという驚きと救いを感じた。それは社会学という学問の懐の深さに気づいていくきっかけとなったようにも思う。

本書を出すにあたっては、とても全員のお名前をあげることができないほど多くの方々にお世話になりました。まず、博士論文の研究に直接関わってくださった京都大学大学院・文学研究科の伊藤公雄先生（現・京都産業大学）、田中紀行先生、人間・環境学研究科の高橋由典先生にお礼を申し上げます。先生がたのご指導にこたえられるような結果を出すことはできませんでしたので心苦しい思いです。いつか学恩をお返しできればと願っております。

また、社会学研究室の松居和子さんには長年にわたっていろいろとお世話になりました。文学研究科の松田素二先生にも長いあいだご心労をおかけしていたように感じます。ご迷惑をおかけしました。『Becoming』誌の新堂粧子先生と故・作田啓一先生は不勉強な私にたいして丁寧で有益なコメントをたくさん、しかも何度もくださいました。作田先生のご冥福をお祈りするとともに、心より感謝を申し上げます。修士課程の指導教官でもあり、本書の理論枠組みの構成において胸を貸していただいた井上俊先生にも、深くお礼を申し上げます。

　中京大学の加藤晴明先生、鎌倉女子大学の竹内整一先生、福岡大学の大嶋仁先生にも、研究にあたって勇気づけられるとても有益なコメントをいただきました。関西大学の西川知亭さんにはいつも元気をいただきました。インパクト出版会の深田卓さんには、細かいチェックといろいろなアドヴァイスをいただき、たいへんお世話になりました。

　みなさま、本当にありがとうございました。

二〇一七年十月

※本書は京都産業大学出版助成金を受けて出版された。

人　名　索　引

あ行

か行

さ行

た行

な行

は行

ま行

や行

ら行

わ行

事　項　索　引

あ行

か行

さ行

た行

な行

は行

ま行

や行

ら行

わ行

鍵本 優（かぎもと ゆう）
1976年生まれ、大阪府出身。京都大学大学院文学研究科博士課程修了、博士（文学）。専門分野は社会学、メディア論、自我・自己・アイデンティティ論。現在、京都産業大学現代社会学部准教授。

「近代的自我」の社会学——大杉栄・辻潤・正宗白鳥と大正期

2017年 10月29日　第1刷発行

著　者　鍵本　優
発行人　深田　卓
装幀者　宗利淳一
発　行　インパクト出版会
〒113-0033　東京都文京区本郷 2-5-11　服部ビル 2F
Tel 03-3818-7576　Fax 03-3818-8676
E-mail：impact@jca.apc.org
http:www.jca.apc.org/˜impact/
郵便振替　00110-9-83148

モリモト印刷